AF457947

LA DEMANDE IMPRÉVUE,

COMÉDIE EN TROIS ACTES, ET EN PROSE;

Par M. MERCIER.

Représentée par les Comédiens Italiens Ordinaires du Roi, le 23 Mai 1780.

PRIX trente sols.

A PARIS,

Chez la Veuve BALLARD & Fils, Imprimeurs du Roi, rue des Mathurins;
la Veuve DUCHESNE, Libraire, rue Saint-Jacques, au Temple du Goût.

M. DCC. LXXX.

Avec Approbation & Permission.

AVERTISSEMENT.

Cette Piece est imitée du Valet menteur, *en deux Actes, de* Garrick, *qui avoit pris son sujet, à ce qu'il paroît, dans une petite Comédie de* Hauteroche, *laquelle m'étoit inconnue. Voilà ce qui a produit la ressemblance dans la situation principale; mais si l'on veut se donner la peine de rapprocher de ces deux Pieces mon imitation, l'on verra que les détails m'appartiennent presque entiérement, & que mon troisième Acte n'a aucun rapport avec ces deux Comédies.*

Cette bagatelle fut écrite l'an passé, & très-rapidement, à l'occasion du rétablissement de la Comédie Françoise sur le Théâtre Italien. On demandoit une Comédie de pur amusement, analogue sur-tout au goût local, & qui satisfît les amateurs de l'ancien genre, encore très-nombreux. Hasarder une Piece sentimentale ou pathétique, eût été sur ce Théâtre un passage trop brusque; il m'a fallu obéir aux circonstances, qui ne m'ont pas laissé la liberté du choix.

Ce frivole ouvrage du moment, ne mérite pas les frais d'un examen ou d'une critique sérieuse; je l'avois renfermé dans le porte-feuille, lorsqu'un Journal étranger, d'après un extrait fautif, en ayant dit un peu trop de mal, m'a déterminé à l'impression que je redoute beaucoup moins qu'un pareil extrait, parce que l'impression a l'avantage de montrer un Auteur tel qu'il est, & non tel que le récit des rivaux le défigure, & se plaît à le défigurer; du moins, je n'aurai plus contre moi que mes fautes.

ACTEURS.

LE CHEVALIER FONROSE.
CÉLIDE, *jeune veuve.*
VALENTIN, *Valet de Fonrose.*
PAULINE, *Suivante de Célide.*

M. DE BLIVILLE, Madame DE BLIVILLE, Mademoiselle DE BLIVILLE, M. BURIDON, *vieux garçon,* M. DE BONNIERE, Madame DE BONNIERE, M. PLOMTEAU, *Angoumois,* UNE DAME, AUTRES AMIS,	*Amis de Célide.*

UN TRAITEUR.
DOMESTIQUES.
MARMITONS.

La Scène est à Paris.

LA DEMANDE IMPRÉVUE, *COMÉDIE.*

ACTE PREMIER.

SCÈNE PREMIÈRE.

LE CHEVALIER FONROSE, *assis devant une table & rêvant*, VALENTIN.

VALENTIN, *après avoir rangé dans la chambre.*

AH ! çà, Monsieur, ne plaisantez-vous point ? N'allez pas me donner une fausse joie. Cette bonne nouvelle est-elle vraie ? Enfin, vous mariez-vous ?

LE CHEVALIER.

Oui.

A

VALENTIN.

Elle consent à vous donner sa main ?

LE CHEVALIER.

Cette charmante veuve a fixé à demain cet heureux jour.

VALENTIN.

Vous vous mariez !.. mais, signez-vous le contrat ?

LE CHEVALIER.

Avant tout...

VALENTIN.

Un contrat !... rendons graces à l'Amour. Oh ! que ce mariage vient à propos.... Ah ! Monsieur, que demain eût été un jour malencontreux, sans cet événement ! plus d'argent, plus de meubles, plus de crédit ; vos derniers bijoux au Mont de Piété, où ils dorment, Dieu sait ! eh bien, une signature au bas d'un papier timbré, & le paraphe du Notaire, & voilà tout heureusement réparé.

LE CHEVALIER.

Oui, Valentin ; si rien ne me contrarie, je vais posséder une femme très-aimable, & de plus, me trouver maître d'une fortune qui n'a pas moins de charmes pour moi, je l'avoue, dans le moment de détresse où je me trouve.

VALENTIN.

En vérité, Monsieur, cela m'inspire pour le mariage, dont je plaisantois fort impertinemment, un respect ... une vénération ... un attendrissement... c'est une chose que l'on n'admire pas assez... Un trait de plume tire soudain d'embarras un galant homme, appaiſe une meute de créanciers fougueux, donne une maiſon toute montée, à qui n'avoit pas une chambre garnie... Nous n'avions pas de quoi ſubſiſter encore deux jours, & nous allons à la noce.... *Bravo!*

LE CHEVALIER, *ſe levant.*

Cependant, quand je ſonge combien elle eſt dupe de ſa bonne foi, combien je lui en ai impoſé, par néceſſité, il eſt vrai; peu s'en faut que je n'aille de ce pas me jetter à ſes pieds, lui expoſer le véritable état de mes affaires, & implorer ſa pitié....

VALENTIN.

Réſervez cet aveu indiſcret... après le mariage, vous lui ferez la confidence entiere.

LE CHEVALIER.

Elle croit que je jouis d'une honnête aiſance, & je n'ai que des dettes.

VALENTIN.

Eh bien, mariez-vous, pour l'intérêt de vos créanciers.... les pauvres gens!... ils me font peine, à moi.

LE CHEVALIER.

J'ai manqué à la délicateſſe, en me ſuppoſant une fortune que je n'ai plus.

VALENTIN.

Vous l'aviez; elle eſt mangée... c'eſt tout comme... vous ne faites, dans votre narration, que vous placer à des temps antérieurs. Épouſez.... Eſt-ce que l'Amour calcule?... La loi établit la communauté.... Vous ſerez ſeul adminiſtrateur de ſes biens, avec plein pouvoir.... Je ſais un peu de la *coutume de Paris*, moi ... *communauté de biens !* ... Diable, mais c'eſt-là ſon plus bel article !

LE CHEVALIER.

Je connois la nobleſſe de ſon ame, & je me rendrois ſans doute plus eſtimable à ſes yeux, ſi lui avouant mes déſordres paſſés, & le repentir qui m'anime....

VALENTIN.

Ne vous y fiez pas.... Vous riſqueriez de voir la femme & la dot vous échapper.

LE CHEVALIER.

Ah ! Célide penſe ſi différemment de ſon ſexe, que l'aveu....

VALENTIN.

Pourroit la toucher, d'accord... mais, viendront les tantes, les oncles, les couſins, & toute la ſequelle de parenté, faiſant aſſaut avec des remontrances, des plaintes, des lamentations éternelles.... Connoiſſez-vous les parens ?... Elle n'y tiendra point. Elle agira contre ſon propre cœur ; & avec votre admirable délicateſſe, vous la perdrez pour jamais.

LE CHEVALIER.

On n'agit point contre les loix de l'honneur, ſans éprouver des remords, je le ſens. Si j'avois accuſé ma ſituation, peut-être que non moins généreuſe à mon égard....

VALENTIN.

Eh bien, Monſieur, allez la trouver, & dites lui

bien véridiquement .... Madame, mé voici. Mais avant que j'aie le bonheur de vous épouser, apprenez que j'ai dépensé tout mon patrimoine avec vingt beautés qui ne me furent pas cruelles ; le jeu & la bonne chere ont fait mes délices pendant cinq années ; mon pere, instruit du délabrement de mes affaires, m'a déshérité, & mes bons amis voyant ma bourse applatie, m'ont tourné le dos. Je n'ai plus pour un sol de crédit.... le fidele Valentin seul me reste dans l'univers.... C'est mon ami, Madame ; il m'est fort utile ; il repousse adroitement les créanciers & les Huissiers qui assiégent journellement ma porte : enfin, je suis réduit aux derniers expédiens, mais je n'en adore pas moins vos divins attraits ; & n'ayant pas même de quoi payer le bouquet qui doit parer votre beau sein, le jour de vos noces, je ne vous en offre pas moins (*en vous mettant à ses genoux*) ma tendresse indigente, & mon amour aussi grand que ma misere.

LE CHEVALIER.

Cesse tes misérables figures, maraut....

VALENTIN.

Eh, Monsieur, treve de scrupule. Mariez-vous... là... pour vous amender. Payez la fortune de Célide avec l'amour. Au fond, l'un n'est pas moins rare que l'autre. Tâchez d'être un bon mari. Soyez l'intendant industrieux & vigilant des biens de votre femme, alors vous rentrerez bientôt en grace auprès de votre pere, & le courroux du bon-homme se changera même en tendresse. Est-ce raisonner, que cela ?... Voyons, qu'avez-vous à répondre à la sagesse de mes paroles ?...

LE CHEVALIER.

Ah ! mon cher Valentin ! ce n'étoit pas dans d'autres vues que je faisois ma cour à Célide.

VALENTIN.

Oh ! je le crois, Monsieur, je le crois.

LE CHEVALIER, *s'animant.*

Oui ... je veux que sa dot fructifie entre mes mains....

VALENTIN, *avec joie.*

Fructifie ... le terme est bien choisi ... je l'admire...

LE CHEVALIER.

Je placerai d'une maniere avantageuse & solide, en même-temps.

VALENTIN.

En même-temps ! ... Je l'avois deviné.

LE CHEVALIER.

Par une spéculation sage, éclairée, méditée....

VALENTIN.

Vous triplerez sa fortune, infailliblement.

LE CHEVALIER, *affirmativement.*

Oui, Valentin.... J'en suis sûr.

VALENTIN.

Vous avez l'air d'un bon Intendant... Elle vous aura une grande obligation ; elle vous devra même de la reconnoissance : car un autre auroit pu dissiper ses biens, dans ce premier appas que donne l'opulence ; mais, vous, qui avez joui, qui connoissez le train du monde, ses revers, ses dangers....

LE CHEVALIER.

Tu dis vrai... Le mauvais emploi que j'ai fait de mon patrimoine, m'a du moins donné de l'expérience.

VALENTIN.

Vous ſavez ce que c'eſt que les eſcompteurs, les prêteurs ſur gages, les uſuriers, les avanceurs...

LE CHEVALIER.

Je les devinerois à cent lieues; tous ces antropophages...

VALENTIN.

Vous ne ſerez plus leur dupe, n'eſt-il pas vrai?.. A la phyſionomie de ces Marchands ſouples, polis, qui d'un ton inſidieux, vous diſent, *prenez, Monſieur, prenez, vous payerez à votre commodité*; vous repouſſerez d'une main ferme les étoffes & même les bijoux; & vous armant d'un œil ſévère contre ces embaucheurs, s'ils ne ſortent promptement par l'eſcalier, vous les ferez ſauter par les fenêtres... n'eſt-il pas vrai?

LE CHEVALIER.

Je t'en réponds!... (*un repos*) Reſte avec moi juſqu'à parfaite concluſion.... Tu ne voudrois pas m'abandonner?

VALENTIN.

Moi, Monſieur! jamais! j'ai fait bombance, tant que votre or a duré, & cela n'alloit pas mal... je vous faiſois alors, s'il vous en ſouvient, des repréſentations que vous n'écoutiez pas. Il falloit bien dans votre endurciſſement abſolu, prendre un peu ma part de tous vos banquets. C'est un beau songe. Il est fini. Eh bien, il recommencera peut-être demain. Voilà, selon moi, comme il faut considérer les choses, dans ce monde.

(*On frappe à la porte.*)

LE CHEVALIER.

On frappe, Valentin, on frappe. Ce sera quelqu'Huissier, porteur d'exploits...

VALENTIN, *regardant la porte.*

Qu'il va nous glisser poliment par-dessous la porte. Ces Messieurs ne nous étonnent plus... Après tout, ce sont d'honnêtes gens; ils pourroient le souffler, & ne pas se donner la peine de monter....

(*On frappe encore.*)

LE CHEVALIER.

On frappe encore, & plus fort....

VALENTIN.

Oh! c'est quelque créancier. Il a la main rude....

LE CHEVALIER.

Va, mon cher Valentin, lui donner....

VALENTIN.

Quoi?

LE CHEVALIER.

Des espérances, des promesses....

VALENTIN.

Oh! j'ai épuisé toutes les formules....

LE CHEVALIER.

Promets, promets toujours... on gagne ainsi du temps... certifie-leur que je me marie....

VALENTIN.

Je vous ai déja marié sept à huit fois....

SCÈNE II.

LE CHEVALIER, VALENTIN, PAULINE.

PAULINE, *derriere la couliſſe.*

VALENTIN, Valentin, ouvre donc.

LE CHEVALIER.

C'eſt la voix de la ſuivante de Célide... Que veut-elle ?

VALENTIN.

Oh ! la déſolante créature ! elle eſt d'une malice... Rien ne lui échappe ; ſon œil clair-voyant s'appercevra de tout ce qui manque ici....

LE CHEVALIER.

Elle fera l'inventaire de mes derniers meubles... Elle dira à ſa maitreſſe que je ſuis entre quatre murailles.

PAULINE, *derriere la couliſſe.*

Valentin ! Valentin ! ouvre donc : je ſais que ton maître y eſt.

VALENTIN, *lui répondant.*

Il n'y eſt pas, il n'y eſt pas.

PAULINE.

Il y eſt, il y eſt ; il faut que je lui parle.... ouvre.

LE CHEVALIER, *à voix basse.*

Je vais me réfugier dans le cabinet, & me cacher dans un coin.... j'entendrai de là tout ce qu'elle te dira.

PAULINE, *frappant encore.*

Ouvre donc.

SCÈNE III.

VALENTIN, PAULINE.

PAULINE.

EH bien! où est-il, Monsieur le Chevalier?

VALENTIN.

Mon maître n'est point à la maison..... je te l'ai dit.

PAULINE.

Tu as menti, tu mens, & tu vas mentir encore...

VALENTIN.

Je mens!... je mens!... Eh bien! regarde partout.... visite.... cherche....

PAULINE.

Il n'y est pas.... tant pis.... j'avois une nouvelle très-agréable à lui annoncer de la part de ma maitresse.

VALENTIN.

Fais-nous en part; nous la lui dirons à ſon retour.

PAULINE.

Non : il faut que je parle à lui-même.

VALENTIN.

Si c'eſt à propos de ce qui doit être conclu demain, tu peux le dire.... je ſuis un peu ſon confident.

PAULINE.

Quoi? demain....

VALENTIN.

Ce mariage.....

PAULINE, *dédaigneuſement.*

Ah, ah!....

VALENTIN.

Qui doit faire la félicité éternelle de deux époux, nés l'un pour l'autre, & offrir le modele touchant de l'union la plus rare & la plus parfaite.

PAULINE.

Tu le deſires beaucoup, ce mariage.

VALENTIN.

Mais.... j'y conſens, parce qu'il doit rendre le repos à mon pauvre maître, que l'amour deſſeche & fait périr.... Cependant à ſa place, moi, avec une fortune telle que la ſienne, je chaſſerois toutes ces illuſions amoureuſes, &, ſoit dit entre nous, j'embitionnerois un parti....

PAULINE.

Une fortune telle que celle de ton maître.... où est-elle ?

VALENTIN.

Dans son porte-feuille !.... peste ! il est dodu.

PAULINE.

Il n'a donc pas de biens au soleil ?

VALENTIN.

Il a quelques terres ; mais il a préféré du papier, parce que cela est plus portatif, plus commode, plus commerçable....

PAULINE.

Quelques terres.... où sont-elles situées ?

VALENTIN.

Une en Champagne, & l'autre en Picardie.... Il les vendra.... c'est le moment.

PAULINE.

Pour du papier ?

VALENTIN.

Probablement.... les Fermiers ne paient point, ou paient mal. Vive le papier ! on observe d'un œil attentif la valeur de la place ; & selon que les actions haussent ou baissent, l'on achete, ou bien l'on réalise....

PAULINE.

Tu m'as l'air d'un habile Agent de Change.

VALENTIN.

Mais, je me transporte souvent à la Bourse pour ses affaires.

PAULINE.

Tout de bon ?

VALENTIN.

Cela est curieux, en vérité.... Tous ces visages allumés qui s'examinent, s'interrogent.... L'espérance, la cupidité, la crainte.... mon maître a là-dessus un coup-d'œil d'une sagacité prévoyante, & qui lui fait découvrir le thermomètre de l'Etat...

PAULINE, *regardant de tout côté.*

De l'Etat !.... Mais, votre appartement est bien dégarni, ce me semble....

VALENTIN.

A quoi vas-tu faire attention ?

PAULINE.

Je ne vois plus-là les meubles que j'ai vus....

VALENTIN.

Tu t'étonnes de tout.... rien de plus simple.... Dès que le mariage a été arrêté, mon maître m'a ordonné de transporter ses meubles chez un ami, & de débarrasser cette salle, à cause du bal qu'il se propose d'y donner le lendemain de ses noces.

PAULINE.

Un bal ?

VALENTIN.

Oui, bien illuminé.... Des bougies en dedans, des lampions en dehors.... Oh ! laisse-nous faire.

PAULINE.

Eh mais, cela se rencontre à merveille.

VALENTIN.

Comment ?

PAULINE.

L'à propos est heureux ; car ma maitresse desire qu'avant son mariage, c'est-à-dire, ce soir même, son prétendu lui donne ici un bal & un souper, & c'est positivement ce que je venois lui annoncer de sa part.

VALENTIN, *interdit.*

Un souper & un bal !...

PAULINE.

Un bal & un souper ; tout comme tu voudras.

VALENTIN.

Ah ! tant mieux.... (*à part*) Quel chien de contretemps !

PAULINE.

N'admires-tu pas la sympatie qui rapproche leurs idées.

VALENTIN, *intrigué.*

Beaucoup.

PAULINE, *malignement.*

Cela lui fera grand plaisir, n'est-ce pas ?

VALENTIN.

Oh ! excessivement !

PAULINE.

Il ne se sentira pas de joie à cette nouvelle....

VALENTIN.

Je crains qu'il n'en devienne fou, dans son premier transport.

PAULINE.

C'est le dernier jour qu'il tiendra son ménage ; & les femmes, tu le sais, aiment à la folie d'aller visiter le désordre domestique d'un garçon.

VALENTIN, *appuyant.*

Oui, elles ont toutes cette rage.

PAULINE, *d'un ton hypocrite.*

Elle ne veut pas que ce soit un bal d'éclat, illuminé comme un hôtel-de-ville, elle se propose d'y inviter, seulement, dix-huit ou vingt personnes de ses amis.

VALENTIN.

Pas davantage ?

PAULINE, *fixant Valentin.*

Elle recommande même, très-fortement, à Monsieur le Chevalier, de ne pas se constituer en frais considérables....

VALENTIN.

Oh ! il ne fera point de folies.

PAULINE.

Des petits plats.... quelques entremets.... des gelées, sur-tout des fruits.... Je pense que cela sera fort honnête.

VALENTIN.

Sans doute ; on ne mange plus....

PAULINE.

Il est vrai.... mais nous, il n'en est pas ainsi....

Pour dédommagement..... tu ne devinerois jamais ce que j'ai imaginé de mon chef.

VALENTIN.

De ton chef?... voyons.... acheve-moi....

PAULINE.

Que dis-tu ?

VALENTIN.

Acheve, acheve.....

PAULINE.

Quand les maîtres s'amusent, me suis-je dit, resterons-nous les bras croisés, à ne rien faire, & dans l'ennui de les attendre? Non, parbleu, cela ne sera pas...nous danserons, nous sauterons; & tout de suite, j'ai invité quelques-uns de nos amis communs, & je les ai prévenus que nous aurions aussi un petit souper & un bal de notre côté..... cela sera fort plaisant; qu'en dis-tu ? & il faut donner cette surprise à ton maître.

VALENTIN, *toujours plus intrigué.*

Sans doute; il sera fort surpris.

PAULINE.

J'en ris d'avance.... garde-toi de le prévenir, & dispose tout le plus promptement possible...... c'est pour ce soir.

VALENTIN, *avec humeur.*

J'entends bien que ce n'est pas pour après-demain.

PAULINE.

Tu prends un air fâché!

VALENTIN.

VALENTIN.

Moi!... le jour d'un bal!... ah! j'aurois bonne grace!

PAULINE, *le fixant malignement.*

Je ne ſais... je te trouve un viſage pâle, allongé, rêveur....

VALENTIN.

Allons donc, je me porte à merveille, & de ma vie je n'ai été ſi joyeux, ſi gai.... (*riant d'un air forcé*) : (*à part*) Que le diable t'emporte.

PAULINE.

Comme nous nous réjouirons!... mais, à propos, dis-moi donc; qui ſont tous ces gens, d'aſſez mauvaiſe mine, que j'ai vus à la porte? ils attendent le retour de ton maître, ſans doute?

VALENTIN.

Oui... ce ſont ſes Fermiers de la campagne qui lui apportent de l'argent.

PAULINE.

Des Fermiers!... comment! vous ne leur faites pas plus d'accueil! vous les laiſſez ſe morfondre dans la rue!

VALENTIN.

Ah! ce ſont de bonnes gens, qui viennent rarement à la ville: ils aiment à promener leurs regards curieux de côté & d'autre; ils s'amuſent à conſidérer les paſſans, qui ſont pour eux des objets nouveaux.

PAULINE.

Ils font les badauds....

VALENTIN.

Tu l'as dit....

PAULINE.

Adieu, Valentin; n'oublie pas notre petite fête... nous t'apporterons de l'appétit & de bonnes dispositions à la joie; sur-tout que les tables, les chaises soient à l'écart, afin que nous ayions de la place pour dessiner, tout à notre aise, les contredanses nouvelles.... Je n'aime point à être gênée, moi, quand je danse. (*Elle danse*).

VALENTIN.

Va, va, les meubles n'embarrasseront point.

PAULINE, *finement.*

Je le crois.... adieu: je ne veux pas te faire perdre ton temps; tu n'en as point de trop pour tout ce que tu as à faire.... A ce soir, Valentin.... à ce soir. (*Se retournant au fond du Théâtre.*) On dansera toute la nuit, je t'en préviens.... nous veillerons, nous verrons naître le petit jour, l'aurore.... j'aime l'aurore à la folie.... malheur à l'ame insensible à l'aurore!... à ce soir....

VALENTIN.

A ce soir.... (*seul*) Que Lucifer t'extermine, toi & le projet de ta maitresse....

SCÈNE IV.

LE CHEVALIER, VALENTIN.

LE CHEVALIER, *sortant du cabinet.*

AH ! mon cher Valentin !

VALENTIN.

Ah ! mon cher Maître !

LE CHEVALIER.

Quel démon lui a inſpiré l'idée ſubite de ce maudit bal ?

VALENTIN.

Quelle fureur de voir l'appartement d'un garçon !... il faudroit être ſorcier pour vous tirer de là...

LE CHEVALIER.

Un ſouper ! vingt perſonnes ! des rafraîchiſſemens ! des violons !.....

VALENTIN, *comptant par ſes doigts.*

Un Traiteur, un Cabaretier, un Limonadier, des Muſiciens...... tous ces animaux-là ne marchent point ſans argent.

LE CHEVALIER.

Quelle ſituation !.... que faire ?.... ſi le crédit.....

VALENTIN.

Le crédit.... oubliez-vous que ces Meſſieurs ont tous ſentence contre vous ?

LE CHEVALIER.

Ah! qu'ils me mettent en priſon après-demain; pourvu qu'ils conſentent.....

VALENTIN.

Vous leur céderiez le lendemain de vos noces?.... quel héroïſme!

LE CHEVALIER.

Dis-leur que je leur ferai une lettre de change à vue, payable dans vingt-quatre heures.

VALENTIN.

Je ne ſais avec quelle maudite encre vous écrivez; mais votre ſignature, mon cher Maître, ſe trouve aujourd'hui plus blanche que le papier......

LE CHEVALIER.

Quoi! les Traiteurs.....

VALENTIN.

Sont devenus intraitables; ils ne feroient pas rôtir un poulet en votre honneur.... Oh! le beau ſecret qui reſte à découvrir, celui de donner un grand feſtin ſans alimens, & un bal ſans muſique!

LE CHEVALIER.

Dans ce déteſtable monde, rien ſans argent!....

VALENTIN.

Rien, Monſieur, pas même le ſon qui s'envole des inſtrumens..... Il faut le payer, & d'avance.....

LE CHEVALIER.

Il me prend des momens de fureur....... ſans doute que Célide, informée de l'état de mes affaires, aura inventé cet expédient pour me réduire à l'extrémité, & pour avoir un prétexte spécieux de rompre le mariage.....

VALENTIN.

Eh! non, Monsieur, non, ne croyez pas cela.... Vous allez toujours au pire.... quelle ruineuse imagination!

LE CHEVALIER.

Eh! pourquoi donc ce singulier empressement de Pauline, à connoître l'état de ma fortune, à faire l'inventaire de mes meubles?.....

VALENTIN.

Curiosité naturelle à son sexe, & qui devient beaucoup plus vive dans l'organisation d'une soubrette..... Tenez, Monsieur, point de désespoir, cela trouble les idées; il faut qu'elles soient nettes, & pour ce, il faut conserver ce calme, ce sang-froid inspirateur.....

LE CHEVALIER.

Maraut! as-tu bien le courage de plaisanter, dans un moment aussi critique?

VALENTIN.

Faut-il que je larmoye?.... Ce repas en idée a furieusement provoqué mon appétit.... souperons-nous, ne souperons-nous point?...... Voilà la thèse bien posée.... souper seroit le mieux: point de souper seroit le plus court.

LE CHEVALIER, *vivement.*

Point de souper!.... Eh! dès-lors ma ruine est

évidente, tout manque, tout m'échappe, & je suis congédié honteusement.

VALENTIN.

Doucement..... voyons.... si j'empêchois Célide de souper ici, avec tout son monde!...... si je l'engageois à déprier elle-même tous ses amis!.... & si vous remerciant de ne pas lui donner le bal, elle vouloit du même coup précipiter le mariage.... hem!.... qu'en dites-vous?

LE CHEVALIER.

De tels prodiges ne sont pas en ton pouvoir, ainsi que tu t'en flattes..... cependant, ton air assuré me feroit croire..... ah! mon cher Valentin! si tu as trouvé quelque heureux moyen, dis-moi?

VALENTIN, *fierement*.

Allez, Monsieur, quand on sert autrui, il faut toujours avoir de l'esprit en réserve pour son maître, & cela se voit en tout état.

LE CHEVALIER.

Ce faquin!..... après?....

VALENTIN.

Ne me troublez point.... ne réfroidissez point la chaleur de mes premieres idées..... comme elles se pressent tumultueusement!.... ah! ce que c'est que de receler en soi ce feu divin, cette imagition active.... (*en se frappant le front*) Savez-vous, Monsieur, tout ce qu'il y a là-dedans? le savez-vous?..., allez...., tenez-vous tranquille.

LE CHEVALIER.

Eh! le puis-je, en conscience?

VALENTIN.

Vous ne croyez donc point à mon génie?..... quelle ingratitude!.... reposez-vous sur moi, vous dis-je, & c'est vous en dire assez, je crois....

LE CHEVALIER.

Valentin!.... ce ton.....

VALENTIN.

Oh! laissez-moi, je vous prie, un peu d'orgueil; cela m'anime, me soutient.... tenez, cela développe en moi....

LE CHEVALIER.

J'avoue que tu me rendras la vie, si.....

VALENTIN, *se donnant des airs.*

Oh! si j'étois né tout autre.... mais voilà bien les jeux bizarres de la fortune! Vous êtes le maître, je ne suis que le valet; cependant, quelle distance entre nous, Monsieur, convenez-en, dans ce qu'on appelle la faculté imaginative!....

LE CHEVALIER.

Mais, Valentin.... c'est trop oublier....

VALENTIN.

J'aime à m'encenser un peu, & quel mal cela vous fait-il? après tout, voilà tout ce qui nous revient de nos travaux.... Savez-vous pourquoi je vous suis attaché? pourquoi je vous aime, malgré..... le savez-vous? c'est que vous me rendez justice au fond de l'ame ; & que vous dites ſouvent tout bas : *ce coquin-là a vraiment plus d'eſprit que moi.....* Eh bien, mon cher Maître, à cauſe de cela, tout mon ſavoir faire eſt à vous !....

LE CHEVALIER.

Je te pardonne ces airs évaporés.... mais à condition que tu me tireras d'affaire.

VALENTIN.

Je ne parle plus .... j'agis.

Fin du premier Acte.

ACTE II.

Le Théâtre représente l'appartement de Célide.

SCÈNE PREMIERE.

CÉLIDE, PAULINE.

CÉLIDE.

TU me ſurprends beaucoup, Pauline....

PAULINE.

Oui, Madame, le maître abſent, ou caché; le valet déconcerté, la maiſon démeublée, des gens de très-mauvaiſe mine à la porte.

CÉLIDE.

Tout cela eſt une énigme pour moi.

PAULINE.

Elle eſt cependant facile à deviner, ſi je ne me trompe.....

CÉLIDE.

Explique-la moi donc, je te prie....

PAULINE.

Rien de plus ſimple : Monſieur le Chevalier, à coup ſûr, eſt un Chevalier endetté...... ils ne ſont point rares, à Paris.

CÉLIDE.

Quelle viſion!.....

PAULINE.

Il eſt bel homme, je l'avoue; vous voulez l'épouſer.... eh bien, je vais tirer votre horoſcope... écoutez..... les trois-quarts de votre fortune ſerviront à payer les créanciers, & vous & les enfans qui viendront, vous ſubſiſterez économiquement toute votre vie, ſur le quart qui reſtera.

CÉLIDE.

Comment ſuppoſer qu'il m'eût trompée à ce point, lui qui eſt la franchiſe même!.... non, il m'auroit plutôt révélé.....

PAULINE.

Un Chevalier ne révele point ſa détreſſe. Plus il eſt gueux, plus il affecte de paroître.... Enſuite, c'eſt la premiere fois que vous aimez; car, le défunt, outre qu'il étoit votre mari & ſexagénaire..... vous avez fait tout ce que vous avez pu..... la vertu a triomphé, je le ſais, mais.....

CÉLIDE.

Paix, Pauline, vous ſavez que je vous ai impoſé ſilence ſur feu mon époux.

PAULINE.

Soit : vous êtes ſortie de toutes les ombres de votre grand deuil, & je voulois ſeulement vous dire, Madame, que quoique veuve, vous ne connoiſſiez pas encore toutes les fourberies de ce ſexe, qui cherche continuellement à nous tromper. Les hommes !.... autant de perfides, de traîtres, d'impoſteurs, de.....

CÉLIDE.

Il ſe peut que ceux que vous avez connus ſoient de cette trempe..... mais, le Chevalier !....

PAULINE.

C'eſt un homme, Madame.

CÉLIDE.

Il a la candeur ſur le front, l'accent de la vérité dans les paroles, l'honnêteté la plus pure dans le caractere, & le regard plein d'une expreſſion ouverte.... tu en conviendras !

PAULINE.

C'eſt un homme.....

CÉLIDE.

Jamais ſa bouche n'a proféré un menſonge ; & quand il me montre tant d'amour, qu'il me fait le ſerment de n'adorer que moi, qu'il preſſe, avec autant d'ardeur que de reſpect, l'heure de m'épouſer, qui l'obligeroit, au milieu de ces démonſtrations, à ſe maſquer, à s'avilir, à me tromper ?

PAULINE.

C'eſt un homme, Madame, c'eſt tout dire.

CÉLIDE, *avec humeur.*

Vous avez bien mauvaiſe opinion de celui à qui j'ai accordé mon eſtime...... je ne la prodigue cependant pas, vous le ſavez.....

PAULINE.

Vous êtes jeune, je ſuis jeune auſſi, direz-vous; mais, Madame, obſervez que mon étoile n'ayant pas été auſſi heureuſe que la vôtre, qu'ayant reçu une toute autre éducation, celle des petits événemens, qu'ayant été forcée de veiller moi-même & de bonne heure ſur ma perſonne, (peine que vous n'avez pas eue) je puis dire avoir l'expérience qui vous manque.

CÉLIDE.

Je ne vous conteſte point votre expérience, Mademoiſelle; mais je crois pouvoir, tout auſſi bien que vous, pénétrer, juger, connoître un caractère.

PAULINE.

Je vous ai dit mon ſentiment avec ſincérité. Je ſuis fâchée qu'il combatte votre inclination.

CÉLIDE.

Je veux bien qu'on m'éclaire; mais je ne ſouffrirai point qu'on l'outrage..... ſi j'avois des preuves.... je ne dis pas de ſon infortune (car c'eſt preſque toujours l'ouvrage aveugle du ſort), mais de ſa diſſimulation à mon égard..... je lui en voudrois certainement..... (*avec colere*) mais, dites-moi donc,

Mademoiſelle, quelque choſe de certain, de poſitif, d'évident, pour juſtifier votre inimitié, votre animoſité, votre haine?.....

PAULINE.

A préſent, je le hais, parce que mon zèle pour vos intérêts vous a communiqué des obſervations..... fondées ſur ce que j'ai vu.

CÉLIDE.

Eh! qu'avez-vous vu?... parlez.....

PAULINE.

Un homme mal-aiſé...... pour ne pas dire pis. J'ai trouvé chez lui un déſordre nud....

CÉLIDE, *vivement.*

Vous verrez qu'un garçon doit avoir un ameublement de Prince! Ils ſont tous ainſi; point d'ordre. Le Chevalier ſonge bien à ces dehors frivoles. Il a plus de ſolidité que cela dans l'eſprit. Il ſe préſente toujours vêtu avec une ſimplicité noble, image de ſon caractère.

PAULINE.

Noble.... ſi vous voulez.... cependant.... il n'y a que ce qu'il faut.

CÉLIDE.

Sans prétentions dans ſes manières; il ne parle point de ſes étoffes, de ſes bijoux......

PAULINE.

D'accord....

CÉLIDE.

Il ne fait point le dénombrement de ſes chevaux, de leur encolure, de leurs qualités.....

PAULINE.

Il eſt vrai qu'il eſt encore fort modeſte ſur ce point.

CÉLIDE.

Enfin, ſes diſcours & ſon maintien forment un parfait contraſte, avec les tons & la ſuffiſance orgueilleuſe de nos jeunes éventés.....

PAULINE.

Il n'a pas leur air d'aſſurance, ni leur joie facile & triomphante; il eſt même par fois un peu triſte; mais tel eſt, dit-on, le maintien d'un ſage..... d'ailleurs, rien ne rend les hommes traitables, comme un défaut de fortune; alors, ils parlent ſans prétention, alors......

CÉLIDE, *l'interrompant.*

Voulez-vous que je vous diſe pourquoi vous ne l'aimez point, Mademoiſelle?

PAULINE.

Moi?

CÉLIDE.

C'eſt qu'il ne vous a point miſe dans ſes intérêts; c'eſt qu'il ne vous a point choiſie pour confidente; qu'il ne vous a point demandé vos ſervices; qu'il n'a point eu recours à ces ruſes, à ces artifices trop ordinaires aux amans; & je lui en ſais bon gré. Il a voulu tout devoir à lui-même, & n'attaquer mon cœur, comme il le devoit, que d'une maniere franche, ouverte & généreuſe....... n'ayant pas eu beſoin de vous pour me plaire, votre amour-propre en aura été piqué, furieux; & de-là..... Au reſte, je ſuis maitreſſe abſolue de mes volontés.... je ne ſuis plus en tutelle..... je vous défends de me parler contre lui..... je vous défends d'oſer me donner des avis.

PAULINE.

Fort bien, Madame, fort bien. C'eſt moi que vous grondez. Voilà le prix de mes remontrances.... (*à part*) Là.... intéreſſez-vous pour une Maitreſſe, voyez comme elle vous traite!.... j'enrage.

SCENE II.

CÉLIDE, PAULINE, VALENTIN.

CÉLIDE, *avec joie.*

EH bien! as-tu rencontré ton Maître? approuve-t-il mon deſſein? puis-je compter ſur le bal & le ſouper pour ce ſoir?

VALENTIN.

Oui, Madame, tout ſe fera au gré de vos deſirs; je viens dans l'inſtant même d'arrêter & de payer la ſymphonie.

CÉLIDE, *regardant Pauline.*

Fort bien.

VALENTIN.

J'ai commandé le ſouper.

CÉLIDE.

Point de profuſion; je l'ai recommandé; ſonges-y bien.

VALENTIN.

La prudence, en tout point, forme le caractere habituel de mon Maître. De plus, il s'est conformé à vos volontés : il ne me reste plus maintenant qu'à recevoir vos derniers ordres.

CÉLIDE.

Fais mes complimens à Monsieur le Chevalier ; préviens-le que la compagnie se rendra chez lui de bonne-heure, & que nous nous proposons de jouer avant le souper.

VALENTIN.

Les tables seront toutes arrangées, Madame ; & si cela vous amuse, vous ferez un Pharaon. . . . puis le trente & quarante. . . . enfin, tout ce qui vous plaira. . . .

CÉLIDE.

Soit ... je suis très-satisfaite. . . . Mais, mon garçon, te voilà vêtu bien légerement pour la saison. Pourquoi n'avoir pas pris ton habit ordinaire ? il ne fait pas chaud : songe à t'habiller.

VALENTIN.

Hélas ! Madame, lorsque je suis sorti de chez mon maître, je ne m'attendois pas à me présenter devant vous dans ce mince équipage . . . . . mais . . . . . un accident. . . . .

PAULINE.

Un accident ! ... (*à part*) Prêtons l'oreille.

CÉLIDE.

Que t'est-il arrivé, mon pauvre ami ?

VALENTIN.

VALENTIN.

Rien.... Il ne me convient pas de vous le dire, Madame ; dispensez-moi.... je vous en supplie.

PAULINE.

Pressez-le de s'expliquer.... (*à part*) Je brûle de voir comment....

CÉLIDE.

Dis-moi ce qui te chagrine, Valentin, je veux le savoir....

VALENTIN.

Encore une fois, Madame, trouvez bon que je garde le silence. En vérité, je ne puis vous satisfaire... cela parviendroit aux oreilles de mon Maître, &....

CÉLIDE.

Je te promets qu'il n'en saura rien ; tu peux compter sur ma parole.

VALENTIN.

Je sais bien, Madame, que vous avez toutes les vertus, la bonté, l'indulgence, la discrétion ; vous m'avez généreusement sauvé de bien des réprimandes ; mais, (*montrant Pauline*) comment empêcher cette langue de jaser ?

PAULINE, *à part.*

Dissimulons.... L'impertinent me le paiera!

CÉLIDE.

Ne crains rien, je réponds d'elle.

VALENTIN.

Vous répondez d'elle? ..... Vous ſaurez donc, Madame.... oh! non, je ne puis m'y réſoudre...

CÉLIDE.

Tu m'impatientes, à la fin; finis, ou je me fâcherai.

VALENTIN.

Enfin, Madame, puiſque vous m'y contraignez... c'eſt vous qui le voulez... ſouvenez-vous-en bien... En prenant la défenſe de votre réputation, j'ai perdu mon habit....

CÉLIDE.

La défenſe de ma réputation!

VALENTIN.

Hélas! oui, Madame; & quand c'eût été pour la mienne propre, je n'aurois pas combattu davantage, ni ſouffert plus cruellement.

CÉLIDE.

Explique-toi, mon enfant.... voilà qui eſt bien étrange.

VALENTIN.

On a tenu contre vous des propos....

CÉLIDE.

Des propos?....

VALENTIN.

Oh! des propos.... terribles!

CÉLIDE.

Comment!...

VALENTIN.

On a dit vous avoir vue ſeule, il y a quinze jours, chez mon Maître....

CÉLIDE.

Seule!... mais c'eſt une impoſture abominable; je n'y ai jamais mis le pied; & ſi ce n'étoit la proximité, la circonſtance de mon mariage....ah!

VALENTIN.

Quelle ſcélérateſſe! Il n'y a point d'injures qu'on n'ait proférées contre vous.

CÉLIDE.

Qui?... je veux ſavoir.... Oh! Dieu!... eſt-on fourbe & méchant à ce point?... Acheve....

VALENTIN.

Au moment où je ſortois tout affairé pour les préparatifs de ce ſoir, la femme du Commiſſaire, voiſin de la maiſon de mon Maître, m'arrête.... (une femme d'aſſez bonne façon vraiment) de dépit apparemment de ce que Monſieur le Chevalier n'a point répondu à certaines agaceries, que j'ai remarquées depuis quelque temps.... & vous ſavez, Madame, qu'il eſt d'une figure aſſez intéreſſante, pour inſpirer quelque attention aux femmes qui ne haïſſent point qu'on leur conte fleurettes; mais ſa conſtance, ſa fidélité & ſes ſentimens pour vous..... enfin, pour revenir à mon aventure... *écoutez, jeune homme,* m'a-t-elle dit, *savez-vous que votre Maître si prudent, si modeste, se perdra de réputation, s'il ne se conduit pas avec plus de réserve; que tous les voisins sont scandalisés*... Qu'appellez-vous, Madame, (ai-je répondu poliment, mais avec fermeté)... la réputation de mon Maître! Sachez qu'il n'y a personne dans le voisinage qui se comporte avec plus de décence & de circonspection.... *Oui*, (a-t-elle dit en ricanant) *ce qui se passe chez lui est en effet fort décent*.... Que voulez-vous dire, Madame? — *Comment, tu aurois l'audace de le nier? Mes croisées ne donnent-elles pas sur son appartement?*.. Oui, Madame, eh bien!... *N'y ai-je pas vu tel jour une Dame, de telle & telle façon*, (en vous dépeignant, Madame, vous, votre figure, votre taille, votre habillement, tandis que j'étois muet de surprise & d'indignation) *dis, ne les ai-je pas vus?*

CÉLIDE.

Moi! quelle horrible calomnie!... &....

VALENTIN.

Je vous demande mille pardons, Madame; mais il ne m'est pas permis d'achever....

CÉLIDE.

Quoi! tu ne lui as point donné un démenti formel? tu ne l'as point convaincue de son erreur atroce, de son insolence abominable? de.... (*tombant sur un siège*) Ah! Dieu!

VALENTIN.

J'ai proteſté, j'ai juré de par tous les diables, que rien n'étoit plus faux: j'élevois la voix, & ſans pouvoir me faire entendre ; elle redoubloit ſes cris & ſes injures, & j'y répondois avec feu ; lorſque ſon mari, paroiſſant dans la cour, a demandé quel étoit l'objet de notre querelle, & ſur ce qu'elle lui a répondu, que j'étois un coquin, qui l'inſultoit en face, il eſt venu tout furieux fondre ſur moi avec un bâton, & m'en a frappé avec tant de violence, que pour ne pas demeurer ſur la place, j'ai été obligé d'avouer tout ce qu'ils ont voulu me faire dire.

CÉLIDE.

Comment, miſérable ! & qu'as-tu pu avouer contre ta conſcience, contre la vérité ?... je ſuffoque..

VALENTIN.

On m'aſſommoit, Madame ; quelle réponſe à cela ? La vérité ne m'auroit pas préſervé du malheur d'expirer roué de coups ; ma conſcience m'a dit de vivre, & je vous jure que ce menſonge forcé a ſuſpendu bien à propos un bras trop vigoureux....

CÉLIDE.

Quoi ! mentir auſſi horriblement, & devant cette impudente créature, encore !... il falloit.....

VALENTIN.

Oui : il falloit pouvoir traîner le Commiſſaire chez un autre Commiſſaire.

CÉLIDE.

Quel outrage!... & en public!...

VALENTIN.

Il falloit ensuite avoir le Guet sous la main, le faire marcher contre l'homme qui commande au Guet; mais, le moyen? il y a-t-il une justice pour nous? hélas! il y a-t-il une justice? En me défendant de toutes mes forces, mon habit, Madame, a été déchiré en mille pieces, ainsi que votre réputation.

CÉLIDE, *se désespérant.*

Oh! je n'en puis plus... Ce n'est pas toi qu'ils ont frappé, assassiné; non: c'est moi, c'est moi.... j'en mourrai, ou bien j'en obtiendrai justice & vengeance; justice exemplaire....

VALENTIN.

C'est ce que je me disois, tandis que cette grêle de coups tomboit sur mes épaules.... Cependant, Madame, des paroles en l'air, & que la force de la douleur nous arrache, ne signifient rien. Votre vertu n'en est pas moins une vertu sans tache; plût à Dieu que mon corps tout meurtri fût, hélas! sain & sauf comme elle!

CÉLIDE.

Tu n'as pas, du moins, communiqué cette affreuse aventure à ton maître?

VALENTIN.

A lui, Madame? je m'en donnerai bien de garde...

L'amour qu'il a pour vous eſt tel, que ſans rien écouter, il ſeroit homme à aller ſur le champ paſſer au fil de l'épée douze Commiſſaires en robe & en rabat.

CÉLIDE.

Après une telle indignité, je ſuis bien réſolue à rompre la partie, & à ne pas me montrer chez lui ce ſoir.

VALENTIN.

Mais.... mais, Madame; conſidérez... (*à part*) Voilà où je l'attendois.

PAULINE.

Et pourquoi céder à ces infames langues, Madame; voulez-vous les voir triompher ? Dès que vous n'êtes pas coupable, que craignez-vous ? C'eſt avec le front de l'innocence que vous devez réſiſter à vos indignes ennemis.

VALENTIN, *à part*.

Elle va tout gâter, cédons en apparence. (*haut*) Sans doute, Madame, que riſquez-vous de braver la calomnie face à face, comme le dit Mademoiſelle Pauline ? Il eſt vrai que dès qu'ils vous verront, ils ſe mettront tous aux fenêtres, ricaneront & renouvelleront leurs impertinences; mais ils tiendront leurs propos tout bas, je vous le jure; car, s'ils s'émancipoient juſqu'à faire entendre une ſeule parole injurieuſe, je charge un mouſqueton à balle, ou du moins à grenailles; & dans ces occasions, je crois que tout est licite pour venger l'honneur outragé d'une femme respectable.

CÉLIDE, *se couvrant le visage.*

Mes amis, laissez-moi; ma résolution est prise; rien ne m'en fera changer; je ne sortirai point... non: je resterai.... ma honte égale mon désespoir.... une telle horreur peut-elle se concevoir?

PAULINE.

Mais, Madame, tous ceux que vous avez invités; & de plus, les préparatifs.... tout cela sera donc perdu?

VALENTIN, *à part.*

Je ne tiens encore rien. (*haut*) Croyez-moi, Madame, présentez-vous avec cette supériorité qui doit en imposer.... Et quant aux préparatifs, si Madame étoit absolument décidée.... il me seroit facile, en retournant sur mes pas, de décommander... Ce n'est pas mon avis... mais, comme je suis fait pour obéir, un commissionnaire que j'ai sous la main iroit faire des excuses & déprier....

CÉLIDE, *vivement.*

Fais partir le commissionnaire.

VALENTIN, *courant à la porte.*

Vous le voulez?.. vous l'exigez absolument? cela se fera.

CÉLIDE, *rappellant Valentin.*

Ecoutez, Valentin....

VALENTIN, *à part.*

Elle me rappelle !.... je tremble....

CÉLIDE.

Mais, dis-moi : de quel œil ton Maître va-t-il regarder ce changement ? Cela ne peut avoir au fond, que l'air d'un caprice, & je ferois défefpérée qu'il me jugeât légere ou fantafque..... Comment me justifier ?.... après m'être invitée moi-même chez lui ; je ne doute point que ce procédé bizarre ne l'étonne & ne le mortifie.

VALENTIN, *d'un ton étudié.*

Il eft certain, Madame, qu'il en fera encore plus affligé que furpris : c'étoit une grace infigne que vous lui faifiez. Quels plaifirs il s'étoit promis ! comme fes vœux hâtoient l'heureux moment de vous recevoir !... Mais voici un expédient.... Soyez tout-à-coup indifpofée. Une jolie femme n'a pas une fanté d'athlete ; je lui certifierai que vos beaux yeux font un peu abattus ; qu'il n'y a que leur vivacité ordinaire & l'efprit qui les anime, qui foutienne encore leur éclat ; qu'un tein rofe-pâle a pris la place de ce vif coloris qui rend tant de femmes jaloufes : mais pour ne point l'affliger trop dounloureufement par ce récit, je lui ferai entendre que cette intéreffante pâleur n'obfcurcira point long-temps la fraîcheur de vos attraits.

CÉLIDE, *avec un léger fourire.*

Je m'en rapporte à toi, mon cher Valentin ; tu

connois ton Maître, & je compte que tu ſauras m'excuſer entierement auprès de lui. (*tirant ſa bourſe*) Attends, attends, tiens, mon enfant, voilà pour toi... Ce pauvre garçon! combien il a ſouffert!....

VALENTIN, *prenant l'argent.*

Madame.... (*à part*) un louis!... Ciel! à peine puis-je reconnoître la monnoie courante de mon pays! il y a ſi long-temps que je n'ai palpé cet heureux métal! vraiment cette piece eſt pour moi une antique.... mais mon étonnement va me trahir..... (*haut*) Ah! Madame, je me ſens attaché à vous par tous les liens de la reconnoiſſance.... Soyez ma généreuſe protectrice; & je me promets bien, la premiere fois qu'on oſera.... de me laiſſer aſſommer plutôt que de... ah! qu'ils y viennent, qu'ils y viennent.

(*Il ſort.*)

SCÈNE III.

CÉLIDE, PAULINE.

PAULINE, *riant.*

AH ! ah ! ah ! ah !

CÉLIDE.

Qu'avez-vous à rire, s'il vous plaît ? ...

PAULINE.

A-t-on jamais vu un menteur plus impudent, avec ſon mouſqueton chargé à balles, ſon Commiſſaire, ſon habit déchiré... Quoi ! Madame, vous ne voyez pas dans cette belle hiſtoire, le Roman le plus incroyable, le plus ridicule, le plus ?...

CÉLIDE.

Vous montrez bien peu de retenue, Pauline... Je devois néanmoins en attendre un peu plus de votre part ; mais, vous ne paroiſſez jamais diſpoſée à m'écouter....

PAULINE.

Madame, je me ſuis tû, & non ſans peine ; maintenant j'oſe parler. Quoi ! vous prodiguerez la fortune la plus brillante ; à qui ? à un homme qui n'a pas un denier... je dois vous épargner un repentir : paſſer un bail pour toute la vie avec un Chevalier, que j'appellerois volontiers.... Non : je ne verrai point de mes propres yeux votre ruine prochaine.

CÉLIDE, *courroucée.*

Arrêtez, Mademoiselle ; depuis long-temps vous vous efforcez d'avilir le Chevalier dans mon esprit ; mais je ne prends point le change sur vos intentions. Vous ne l'aimez pas, & tout vous rend injuste à son égard. Et pourquoi ne pouvez-vous le souffrir ? Je vous le répete, Mademoiselle, parce qu'il a dédaigné vos services auprès de moi : est-il fait pour en avoir besoin ? son mérite doit-il être fondé sur votre protection ?... Il n'a pas un denier ! eh ! d'où le savez-vous ? qui vous l'a dit ? n'a-t-il pas tenu un rang ? que manque-t-il à son extérieur ? d'où vous viennent donc ces idées gratuites, quand il a le ton ordinaire du monde & de la meilleure société ? où il est admis, où je l'ai rencontré.... Allez, je déteste ces faux rapports, ces petites calomnies clandestines, au moyen desquelles on voudroit empêcher le bonheur d'un galant homme.... que je distingue.

PAULINE.

Eh bien ! Madame, il n'y a rien de controuvé dans le récit lamentable & pathétique de son valet... soit ; mais en ce cas, dans l'histoire de la femme du Commissaire, terminée si désagréablement pour le véridique Valentin, vient figurer une jeune & belle Dame, (c'est un fait) qui a rendu visite à Monsieur le Chevalier, & que Monsieur le Chevalier a accueillie d'une maniere... distinguée. Ce n'est pas vous, je le sais bien. C'est donc une autre ? D'où il résulte que dans ce beau récit, il n'y auroit que la moitié qui seroit calomnie.

CÉLIDE.

Non, Mademoiſelle, non; la calomnie eſt entiere...

PAULINE.

Je conviens qu'on a pu ſe tromper ſur la robe, ſur la figure, ſur la taille... mais ſur le reſte, je croirai difficilement.

CÉLIDE.

Eh ! non, Mademoiſelle, on s'eſt trompé ſur tout... votre cruelle méchanceté voudroit m'inſpirer de la jalouſie...

PAULINE.

Ma méchanceté ? quoi ! il ſeroit impoſſible que le Chevalier eût reçu chez lui !...

CÉLIDE.

Pur ouvrage de l'impoſture, vous dis-je ; c'eſt un homme d'honneur, dont les ſentimens nobles me ſont connus, & qu'on voudroit détacher de mon eſtime. Ce n'eſt pas d'aujourd'hui que l'on tente cet indigne effort ; mais l'on n'y réuſſira point.... Non, Chevalier ! non, vous n'êtes point capable d'une baſſe infidélité ; j'en crois les témoignages de votre tendreſſe, elle n'eſt point feinte, elle ne ſauroit l'être ; je n'ajoute point foi aux diſcours de la jalouſe envie... & vous, Mademoiſelle, qui recueillez tous ces indignes propos au lieu de les mépriſer. Vous êtes....

PAULINE.

Je ne ſuis pas follement épriſe, Dieu merci.

CÉLIDE.

Vous êtes une impertinente.... ſortez.

PAULINE, *à part.*

Elle ne m'a jamais traitée aussi durement !.. oh ! l'Amour ! l'Amour ! il voit ce qui n'est pas, & ne voit pas ce qui est.

SCÈNE IV.

CÉLIDE, *seule.*

NOUS voilà ; nous découvrons nos sentimens à nos domestiques, & ils en abusent.... J'ai dû m'offenser de son extrême liberté ; cependant, je crains que ses réflexions... il y a dans la conduite du valet... Eh bien ! reprenons notre projet ; voyons de nos propres yeux.... Oui, visitons l'appartement du Chevalier... mon attention à saisir tout ce qui s'y passera.... (*Elle sonne*) Si j'avois une rivale !.... Ah ! je ne suis plus tranquille !...

SCENE V.

CÉLIDE, PAULINE.

PAULINE, *d'un ton humble.*

PUIS-JE parler à Madame ?

CÉLIDE.

Oui, si vous êtes attentive à mieux peser vos paroles... soyez contente, Mademoiselle ; vous m'obstinez, vous me tourmentez pour que j'aille chez le Chevalier ; selon vous, c'est un homme écrasé de dettes, sans meubles, sans domicile même ; s'il falloit vous en croire... eh bien ! triomphez, nous irons chez lui, nous verrons par nous-mêmes, & votre maligne joie sera de courte durée.

PAULINE, *joyeusement.*

Fort bien, Madame, fort bien. Voilà tout ce que je desire. Allons visiter ses foyers. Tenez, je m'en réjouis d'avance ; vous prenez-là le plus sûr parti... Ah ! quand vous serez aussi convaincue que moi de son extrême embarras, vous me rendrez justice en changeant de résolution.

CÉLIDE.

Ah ! tu ne vois que la fortune....

PAULINE.

Ai-je tort ? a-t-on trop de jouissances ici-bas ? (*avec intérêt*) Ce qui me chagrine, ma chere Maitreſſe, & ce qui m'a fait vous manquer de reſpect, & le tout par tendreſſe, c'eſt de vous voir aujourd'hui ſi triſte.....

CÉLIDE, *en ſoupirant.*

Moi! triſte?

PAULINE.

Oui; la mélancolie vous domine; je vous le répete, aucun homme ne mérite d'inſpirer de la triſteſſe à une aimable femme.....

CÉLIDE.

Ah!... ſi tu ſavois....

PAULINE.

Vous êtes belle, jeune, riche & libre; vous devriez n'aimer rien.....

CÉLIDE.

Comment, ne rien aimer?

PAULINE.

Des livres, de la muſique, de l'indépendance, que faut-il de plus?... peſez du moins votre choix.... (*un repos*) Et comment recevoir Monſieur Dorimante, ce riche financier, & qui n'eſt pas vieux? Voilà trois fois que je l'éconduis, & qu'il ſe retire ſans oſer murmurer. Il me dit cent fois le jour qu'il vous adore, qu'il ne vit que pour vous.... Un amant auſſi reſpectueux mériteroit....

CÉLIDE, *avec humeur.*

Tu le recevras....

PAULINE.

PAULINE.

Mal: J'entends.... Vous trouvez toujours matiere à lui faire faire quelque querelle, vous, la douceur même! par exemple, je voudrois bien savoir ce qu'il fait pour vous fâcher?

CÉLIDE.

Tout.

PAULINE.

Tout!

CÉLIDE.

Cela ne peut point se détailler.

PAULINE.

Il est si assidu, si complaisant, si attentif, si empressé....

CÉLIDE.

Cela se peut. Il fait le mieux du monde, précisément tout ce qu'on ne lui demande pas; mais quant au talent de deviner ce qui pourroit me plaire, jamais il ne l'a possédé.... Il n'a pas même les hasards pour lui.

PAULINE.

Ne pas nous deviner en fait de plaisirs; oh! voilà ce qui ne se pardonne jamais...c'est dit; je l'abandonne... Qu'il revienne, je lui dirai très-poliment, *Monsieur, ma Maitresse vous prie en grace de ne plus l'aimer.*

CÉLIDE.

Pourvu qu'il s'éloigne, dis-lui tout ce que tu voudras... (*à part*) O Chevalier ! Chevalier ! seriez-vous tout autre que je ne vous ai vu ?.. toute dissimulation offense l'Amour ; auriez-vous dissimulé à mon égard ?... Oh ! combien vos torts seroient grands !...

Fin du second Acte.

ACTE III.

SCÈNE PREMIERE.

LE CHEVALIER, VALENTIN.

(*On revoit l'appartement du Chevalier.*)

LE CHEVALIER.

ALLONS, treve de bouffonneries... Les momens sont sérieux. Voyons ton stratagême; mais avant, dis-moi s'il a réussi; car un Général qui ne remporte point la victoire, est toujours, quoi qu'on en dise, un Général battu.

VALENTIN.

Je suis donc un Général vainqueur... mon stratagême a réussi, complètement réussi.

LE CHEVALIER.

Je respire!...

VALENTIN.

Ah! Monsieur; c'est que j'ai mené cela avec une conduite! une... intelligence! une... présence d'esprit! une... sagacité!...

LE CHEVALIER.

Et comment as-tu fait pour me difpenfer du bal & du fouper, fans lui laiffer fur mon compte aucun préjugé défavorable ?

VALENTIN.

Par la tournure la plus neuve.... Écoutez : les femmes, me fuis-je dit, font bonnes, fenfibles, compatiffantes. J'ai tout attendu de la pitié de ce fexe noble & tendre.

LE CHEVALIER.

Que veux-tu dire, de la pitié ?

VALENTIN.

Au milieu de ma harangue, où je louois votre talent merveilleux pour donner des fêtes, (quand vous avez de l'argent) tout-à-coup j'ai fuppofé une foibleffe, une défaillance fubite ... j'ai pâli ; elle s'en eft apperçue.... Ah ! quelle bonté d'ame ! Monfieur... *Valentin, mon ami*, difoit-elle avec une voix intéreffante & douce, *qu'as-tu ? tu te trouves mal....* *Oui, Madame*, faifois-je, *une défaillance d'eftomac...* Alors, au milieu de l'attendriffement qu'elle me témoignoit, des foins que fa belle main daignoit me rendre, je lui ai déclaré, à mots couverts, que je me trouvois mal d'inanition, & que vous & moi faifions rarement un bon repas dans l'efpace d'une femaine...

LE CHEVALIER.

Comment ! miférable, tu as pu ?...

VALENTIN.

Écoutez jufqu'au bout... Cet aveu, Monfieur, a

ſubitement comprimé, éteint dans ſon cœur le déſir qu'elle avoit de ſouper ici en grande compagnie; & pour ne point vous occaſionner des dépenſes onéreuſes, elle a généreuſement renoncé à ſon deſſein. . .

LE CHEVALIER.

Quoi! tu m'as trahi à ce point, & voilà en quoi conſiſte ton adreſſe, ta dextérité... pendart!

VALENTIN.

Point de courroux... Ne vous voilà-t-il pas abſolument quitte & du bal & du ſouper?... Perſonne ne viendra, perſonne, je vous jure. . . . Vous pourrez vous coucher, & de bonne heure. . . .

LE CHEVALIER.

Ah! ſot! & qui faiſois l'entendu! c'eſt toi qui m'as ruiné... Il faut renoncer à toutes mes eſpérances, me voilà perdu ſans reſſources.... (*le menaçant, & le prenant à la gorge*) Mais, traître!

VALENTIN, *riant de toute ſa force.*

Ah! ah! ah! ah! ah! ah!

LE CHEVALIER.

Je ne connois rien à tout ceci. . . . Je crois qu'il eſt devenu fou. . . .

VALENTIN.

Et vous auſſi, mon Maître! vous qui devez ſi bien me connoître. Vous m'avez cru capable d'une telle ineptie. En vérité, cela ne vous fait pas honneur.... J'aurois cru ſur la foi de ma renommée....

LE CHEVALIER.

Mais, qu'eſt-ce donc que tout ce galimathias?

VALENTIN.

Un mensonge évident depuis le commencement jusqu'à la fin. Célide ne viendra point, je vous l'avois promis ; tranquillisez-vous.... & hommage à mon intelligence ?

LE CHEVALIER.

Le maraut ! me jetter ainsi dans l'effroi.... Et par quel moyen as-tu pu la détourner sans me compromettre.

VALENTIN.

Par une nouvelle ruse ; j'ai arrangé les choses de maniere que c'est elle-même qui fera des excuses à toute l'assemblée.

LE CHEVALIER.

Elle-même !.. Mais cela me paroît fort, à te dire vrai.

VALENTIN.

Oui, Monsieur. Elle sera malade, elle aura la migraine, des vapeurs, la fievre-tierce, quarte, s'il le faut... Courez au plus vîte chez elle ; & du plus loin que vous l'appercevrez, marquez-lui, en bon Acteur, votre surprise & votre douleur. Ne manquez pas sur-tout de lui déclarer dans la conversation que vous avez tout décommandé... ce mot est très-essentiel ... un regard tendre, trois soupirs, puis un tête-à-tête d'une demi-heure, elle oubliera, sur ma parole, le souper & le bal.

LE CHEVALIER, *l'embrassant.*

Excellent garçon que tu es !... Me voilà enfin

tiré d'un cruel embarras; mais, raconte-moi de quelle manière!.. Que vois-je?.. voici Pauline...

VALENTIN.

Oh! c'eſt le diable! jamais femme n'a contredit à ce point mon génie... je ſuis ſtupéfait....

SCÈNE II.

LE CHEVALIER, VALENTIN, PAULINE.

PAULINE.

J'AI trouvé la porte ouverte, Monſieur, & j'entre ſans me faire annoncer.....

LE CHEVALIER.

Je ſuis extrêmement affligé de ce que Valentin vient de m'apprendre, ſur l'indiſpoſition ſubite de Célide. Me voilà donc privé du bonheur dont je me flattois pour ce ſoir!.... il faut que je renonce à la douce eſpérance.....

PAULINE.

Ne vous alarmez pas, Monſieur, ce ne ſera rien.

LE CHEVALIER.

Ah! tant mieux; vous me raſſurez: l'excès de mon inquiétude ſur une ſanté ſi précieuſe......

PAULINE.

C'eſt ſans doute l'approche du grand jour, qui aura troublé ſes ſens.... vous êtes dangereux....

mais Valentin, je pense, vous aura porté ses excuses ?....

LE CHEVALIER.

Elle est bien bonne assurément ; oui, Valentin m'a prévenu que je ne jouirois pas de sa compagnie ce soir ; comme cette petite fête n'étoit ordonnée & imaginée que pour elle, elle seroit maintenant hors de saison ; & je vais aussi annoncer de mon côté à mes amis que la partie est remise, Célide n'en pouvant pas faire l'ornement.

PAULINE.

Monsieur, vos regrets sont si vifs, qu'ils m'attendrissent. Et qui n'en seroit touché ?

LE CHEVALIER.

Ah!.....

PAULINE.

Je les avois prévus.... hé bien! remerciez-moi.... Célide viendra avec toute sa société.

LE CHEVALIER.

Elle viendra !.... (*à part*) funeste coup du sort! (*haut*) Est-il bien vrai, Pauline, que je puisse me livrer à cette joie subite ?....

PAULINE.

Oui, j'ai voulu vous causer une surprise agréable..... remerciez-moi, vous dis-je.... Elle ne vouloit pas sortir ; mais je l'ai tant priée, pressée, sollicitée, qu'enfin j'ai vaincu son obstination & sa migraine.... Considérez tout, Madame, lui disois-je, l'amoureux Chevalier sera au désespoir.....

VALENTIN, *à part.*

Double panthere ! ah ! comme je l'étranglerois !

PAULINE.

Ne lui donnez pas ce déplaisir mortel ! il se fait une si grande fête de vous recevoir ; je le vois d'ici ivre d'allégresse, le front resplendissant de joie, donnant dans ses foyers, & d'un air de triomphe, la main à la souveraine de son cœur ; bénissant mille fois cet heureux moment, qu'il savoure avec transport & dont il s'enorgueillit par tendresse.....

VALENTIN, *à part.*

Rusé Crocodile !

PAULINE.

Et puis tous ces préparatifs seront-ils inutiles ? aura-t-il fait des dépenses en pure perte ? est-ce-là comme vous récompensez son zele à se prêter à ce que vous avez desiré ; & tous ces Messieurs, ces Dames invités, qui s'attendent à partager avec vous les plaisirs de cette fête, que penseront-ils ? que diront-ils ? on viendra, on vous visitera, on vous assiégera.....vous n'en serez pas quitte à minuit..... autant céder de bonne grace. Elle s'est enfin rendue à mes instances, & maintenant elle est à sa toilette.... mais, félicitez-moi donc, Monsieur, de l'avoir si promptement déterminée.... ne vous ai-je pas bien servi ?

LE CHEVALIER.

Oui, c'est la joie qui me rendoit distrait...... tu as fait un chef-d'œuvre, & je m'en souviendrai.

VALENTIN, *à part.*

Projets, espérance, ressources, tout est au diable.

LE CHEVALIER, *à part.*

Je suis mort.

PAULINE, *à part.*

Leur embarras me divertit. (*haut*) Si je puis être utile, donnez-moi vos ordres, Monsieur, ce sont les intentions de ma Maitresse. Tandis que Valentin se donnera des soins au dehors, je puis fort bien être employée ici.... (*à Valentin*). Si tu veux me confier les clefs du buffet, j'aurai soin de l'argenterie, & je la disposerai d'une manière convenable.

VALENTIN.

Non, je te remercie; tout est disposé, & dans le meilleur ordre.... il n'y a plus rien à faire.

PAULINE.

Je m'offre de bon cœur.....

LE CHEVALIER, *la congédiant.*

On n'aura pas besoin de vos services, Pauline; c'est assez.....

PAULINE.

Soit.... la compagnie ne tardera point à se rendre ici. Le rendez-vous général est chez ma Maitresse; je vais l'exhorter à venir de bonne heure; car je vois bien que vous brûlez d'impatience de la recevoir, elle & tous ses amis.... Allons, Monsieur, un peu de modération; l'heureux moment approche, & tous vos vœux vont être comblés.... (*à part*) Ils ont un pied de nez. Oh! que cela me fait rire.

SCÈNE III.

LE CHEVALIER, VALENTIN.

LE CHEVALIER.

JE ſuis bien né pour les plus cruels revers.....: mais, dis-moi donc, que vais-je devenir ?

VALENTIN.

Faites la guerre en Romain, à la mauvaiſe fortune......

LE CHEVALIER.

En Romain!.... il s'agit bien de cela.

VALENTIN.

Juſqu'au dernier inſtant, prenez un air de gaîté, de ſatisfaction, le viſage calme, le maintien aſſuré, comme ſi tout étoit prêt.

LE CHEVALIER.

Eh! comment veux-tu, malheureux, que dans la plus vive détreſſe ?...

VALENTIN.

Puis..... imaginons enſemble.....

LE CHEVALIER.

Bien dit, imaginons.... (*après un repos*) imagine donc..... & imagine vîte.....

VALENTIN.

Ma foi, je n'imagine rien.....

LE CHEVALIER.

Et cette intelligence qui devoit m'étonner, dont tu faisois parade.....

VALENTIN.

Ma foi, je suis malheureusement dans mon jour de stérilité.

LE CHEVALIER.

Il y paroît...... misérable!.... le désespoir me saisit.....

VALENTIN.

Tenez, Monsieur, j'ai un louis d'or à votre service, sur lequel je redois chopine.....

LE CHEVALIER, *le repoussant.*

Tu plaisantes encore, bourreau; tais-toi... ou... sous quel poids accablant!.... (*errant sur la scène*) J'ai beau chercher, rien ne se présente..... je suis si troublé, que je ne peux rien enfanter.....

VALENTIN.

Oui, c'est le trouble qui en est cause; car dans tout autre temps.....

LE CHEVALIER.

Je te croyois plus de ressources.

VALENTIN.

Mais, cela vient lorsqu'on y pense le moins, &......

LE CHEVALIER.

Ciel! j'entends du bruit .... tout mon corps frissonne......

VALENTIN.

C'eſt la compagnie, je crois.

LE CHEVALIER.

Une de Dragons ou de Huſſards ſur un champ de bataille, m'effrayeroit moins ... oui, je voudrois plutôt me voir en face d'une batterie de trente canons ... je l'affronterois.

VALENTIN.

S'ils ne tiroient pas, à la bonne heure...

LE CHEVALIER.

Poltron ! & ſans eſprit encore !

VALENTIN.

Raſſurez-vous, Monſieur, ce n'eſt rien. (*ſur le bord du Théâtre*) O fortune ! fortune ! aſſiſte-nous ; laiſſeras-tu donc périr ainſi deux enfans de la bombance & de la joie ; l'un à la veille d'un riche mariage ; l'autre, affamé d'une bonne table, à laquelle il s'étoit ſi bien accoutumé ? ...

LE CHEVALIER.

Entends-tu ?.. les voilà ... les voilà...

VALENTIN.

Oh ! pour le coup, rien n'eſt plus ſûr ... par ma foi, c'eſt une cavalcade...

LE CHEVALIER.

Apporte-moi mes piſtolets.

VALENTIN.

Chargés ?

LE CHEVALIER.

Oui.

VALENTIN.

Fi donc, fi donc. Il n'y a pas de remede à cela ; mauvais moyen, Monsieur.

LE CHEVALIER.

Ah ! c'est le plus court.

VALENTIN.

Et le plus sot... je me sauve.

LE CHEVALIER, *le retenant.*

Et tu me laisses ici, mourir écrasé sous la honte !...

VALENTIN.

Il faut que je sois dehors, moi... & pour cause.

LE CHEVALIER.

Et pendant ce temps-là, que faut-il que je fasse ?

VALENTIN.

Rien... cela est fort aisé...

LE CHEVALIER.

Comment, rien !

VALENTIN.

Rien, vous dis-je... tâchez seulement de bien amuser votre monde, de gagner du temps... nous verrons... (*Il se sauve.*)

LE CHEVALIER.

Les amuser, bourreau !... Ah ! voici ma derniere heure !.. où fuir...

SCÈNE IV.

M. DE BLIVILLE, Madame DE BLIVILLE, Mademoiselle DE BLIVILLE, M. PLOMTEAU, QUATRE OU CINQ AUTRES PERSONNES, LE CHEVALIER.

Madame DE BLIVILLE.

BON jour, Monsieur le Chevalier. Vous êtes un homme charmant! nous donner une fête! ah!... rien n'est plus galant.

LE CHEVALIER.

Trop honoré, Madame, que vous daigniez...

M. DE BLIVILLE.

Nous venons vous féliciter, & partager votre joie...

LE CHEVALIER.

Ah! Monsieur, vous êtes bien.... (*à part*) Quel tourment!...

Madame DE BLIVILLE.

Il n'a pas tenu à moi de vous amener plus nombreuse compagnie; vous ne sauriez croire toutes les peines que je me suis données parmi mes amis & mes connoissances. Julie, saluez Monsieur le Chevalier; c'est ma fille que je vous présente, Monsieur le Chevalier.

LE CHEVALIER.

Elle est aussi belle que sa mere; elle a des graces charmantes. (*à part*) Comme je souffre!...

Madame DE BLIVILLE.

Voici ma niece auſſi.

LE CHEVALIER.

Tout ce qui vous appartient, Madame, a un caractere particulier de nobleſſe... je vois bien que ces yeux-là ſont de la famille. (*à part*) Quel ſupplice !

Madame DE BLIVILLE.

Monſieur le Chevalier, c'eſt Monſieur Liſimon, notre voiſin, de la connoiſſance de Célide, je crois ; nous l'avons amené ſans façon.

LE CHEVALIER.

Je vous en ſais un gré infini, Madame.... (*à part*) Je ne ſais plus que leur dire.

Madame DE BLIVILLE.

Et voici Monſieur Plomteau, qui arrive de province ; mais dont l'éloquence naturelle pourra lui faire bientôt un nom célebre dans la capitale.

M. PLOMTEAU, *d'un ton empeſé.*

Monſieur, quoique je n'aie point l'honneur de vous connoître particuliérement, néanmoins, à la ſollicitation obligeante de Madame de Bliville, (*ſaluant Madame de Bliville*) j'ai mis de côté toute la cérémonie ſuperflue, pour avoir l'avantage de venir vous témoigner perſonnellement, combien je ſuis charmé d'apprendre que la célébration de votre heureux mariage ſe fera inceſſamment...

LE CHEVALIER.

Mille graces, Monſieur, de l'intérêt que vous voulez bien y prendre... (*à part*) La tête me tourne !

M. PLOMTEAU, *du même ton.*

Si vous passez jamais par Angoulême, ne m'oubliez pas, je vous en supplie ; j'aurai le plaisir & la grande satisfaction de vous y bien recevoir, avec toute la distinction due à un homme de votre naissance & de votre mérite éminent... Donnez-m'en votre parole, de grace... je l'exige, en ce jour mémorable...

LE CHEVALIER.

Je n'y manquerai assurément pas, si je vais dans cette ville... (*à part*) Ce maudit Valentin ! me laisser seul en proie...

M. PLOMTEAU.

Nous n'aurons pas d'aussi belles choses à vous offrir que dans la vôtre... mais il n'y a qu'un Paris dans le monde, vous le savez bien.... (*à part*) Il me semble que je ne débute pas mal...

LE CHEVALIER, *excédé, & se retirant.*

Monsieur, n'ayant pas votre éloquence naturelle, permettez que je me borne à de sinceres remercîmens....

SCÈNE V.

Les Acteurs précédens, M. DE BONNIERE, Madame DE BONNIERE.

Madame DE BLIVILLE.

EH! Monsieur le Chevalier, voici Monsieur & Madame de Bonniere que vous avez vus chez Célide.

LE CHEVALIER.

Je me rappelle parfaitement d'avoir eu cet avantage.

Madame DE BLIVILLE.

Quant à Madame, je vous la livre pour la plus intrépide, la plus infatigable danseuse qui soit dans le royaume; douze contredanses de suite ne l'effrayent point,... elle est d'une légereté... & des Allemandes! Oh! vous verrez, vous verrez!...

Madame DE BONNIERE, *vivement*.

Quand on prend part de bon cœur à la joie universelle, on se sent des forces qu'on ne se soupçonnoit pas.

LE CHEVALIER.

Je suis trop heureux, Madame, que vous vouliez bien embellir, par vos talens, une petite fête... bien simple... sans apprêts... (*à part*) En ai-je assez ?

Madame DE BLIVILLE.

A propos, Monsieur le Chevalier, j'oubliois de

vous dire que mon neveu, que vous n'avez pas encore vu, vient d'arriver de ſon régiment. Vous penſez bien que je me ſuis empreſſée à lui faire paſſer un billet d'invitation, pour ſe rendre ici immédiatement avec quatre ou cinq de ſes camarades. Il nous faut des jeunes gens pour danſer avec ces Demoiſelles. C'eſt un plaiſir ſi vif à cet âge ! j'agis, comme vous voyez, librement... mais je ſuis ſi ſûre de vous obliger!...

LE CHEVALIER.

Comment donc, Madame; mais je ſuis trop heureux.... (*à part*) Allons, au lieu de danſer, il ne me reſte plus qu'à faire un ſaut par la fenêtre.

SCÈNE VI.

Les Acteurs précédens, CÉLIDE, M. BURIDON, UNE DAME, UN CONSEILLER.

CÉLIDE.

FORT bien, Monſieur le Chevalier, fort bien. Vous me voyez, vous ne vous plaindrez pas de moi, j'eſpere... On m'a aſſuré que vous m'auriez beaucoup grondée, ſi j'euſſe manqué de venir.

LE CHEVALIER.

C'eût été un vuide trop conſidérable dans la compagnie, pour qu'elle n'eût pas témoigné contre moi l'humeur la mieux fondée.

CÉLIDE.

Je vous ai nommé, Monſieur, (*montrant M. Buridon*) Madame & Monſieur le Conſeiller. Vous ſerez charmé de les connoître, c'eſt un cadeau que je vous fais, en reconnoiſſance de celui que vous allez nous donner.

LE CHEVALIER.

Madame, c'eſt une nouvelle faveur dont je ſens tout le prix... (*à part*) Ah!

M. BURIDON.

Aſſeyons-nous. (*tout le monde s'aſſied*) On jouera, j'eſpere.

Madame DE BONNIERE.

Eh! bon Dieu, Meſdames, ſavez-vous l'accident épouvantable qui vient d'arriver?

CÉLIDE ET TOUTE L'ASSEMBLÉE.

Non... quel accident?

Madame DE BONNIERE.

Le pauvre Comte!

TOUTE L'ASSEMBLÉE.

Le Comte! Eh bien...

Madame DE BONNIERE.

Il a verſé....

TOUTE L'ASSEMBLÉE.

Il a verſé....

Madame DE BONNIERE.

Il a verſé dans le plus beau chemin du monde.... à deux pas de chez moi....

CÉLIDE ET L'ASSEMBLÉE.

Il est blessé ?

Madame DE BONNIERE.

On ne peut comprendre comment cela s'est fait ... ses chevaux qui sont si doux !... je dis, c'est une chose inouie, inconcevable !

Madame DE BLIVILLE, *avec beaucoup de vivacité.*

Est-il blessé ?... Mais, tirez-nous donc d'inquiétude ... il faut envoyer....

Madame DE BONNIERE.

Blessé ! est-ce que j'ai dit cela ? Non ; il ne s'est point fait de mal ... le cher Comte se porte à merveille.

M. BURIDON, *à Célide.*

Eh bien, Madame, voilà donc tout ce qu'on fait ici ? C'est-à-dire, qu'on tient cercle.

CÉLIDE.

Et cela vous déplairoit, Monsieur ?

M. BURIDON, *se levant.*

Madame & Messieurs, votre serviteur ... je vais chercher à faire mon piquet... vous excuserez... s'il vous plaît.

CÉLIDE.

Un moment, attendez donc.

M. BURIDON.

Vous aurez la bonté de me faire avertir, Madame, lorsque l'humeur de jouer vous sera venue ... mais la belle conversation, je l'avoue. ...

CÉLIDE.

Vous ennuie.

M. BURIDON.

Point la vôtre, Madame; mais, tenez... on ne peut plus converser sûrement qu'avec son plus intime ami, & chez soi encore... il faut jouer avec les autres, & je maintiens que le jeu est très-sagement institué... je suis son partisan déclaré, moi....

CÉLIDE.

Eh bien! Monsieur, un peu de patience; dans le moment....

M. BURIDON.

Je ne veux point causer. Que dit-on ordinairement? des fadaises, des inutilités; les noirceurs des courtisans, les débats des Auteurs, la jalousie des Actrices; on fait des réflexions à perte de vue sur des choses qui n'en vont pas moins leur train. Que change-t-on au cours des événemens? rien; tout considéré, c'est du verbiage tout pur. Les hommes sont & seront toujours les mêmes; malgré les écrits, les avertissemens, les satyres, personne ne se corrige... J'aime à jouer, moi; j'employe ainsi le temps, & je mets, s'il faut le dire... les écouteurs en défaut. (*se disposant à sortir*) Sur ce, Madame, j'ai bien l'honneur...

CÉLIDE.

Ah! demeurez. Avant le jeu, causons un instant. Tout mon monde n'est pas arrivé. Au reste, ce n'est point ici que l'on s'observe malignement, que l'on dit des méchancetés.

M. BURIDON.

Des méchancetés!... mais, graces aux mœurs régnantes, il n'y a plus de méchans, Madame. Quelque chose que l'on fasse, aujourd'hui on n'en porte plus le nom. Il faut avoir tué son pere, pour passer pour un malhonnête homme; le reste se justifie. A force de mal, tout est bien; l'on fronde tout, & l'on excuse tout.

Madame DE BONNIERE, *à sa voisine.*

Il est singulier, cet homme-là... (*la voisine*). Il est original....

CÉLIDE.

C'est qu'il faut finir par être tolérant.

M. BURIDON.

Eh! non, Madame, non; c'est que tout se ressemble; tout est mal, horrible, faux, extravagant, abominable... de monstrueux abus, qui vont toujours croissant...

CÉLIDE, *se levant.*

Allons, jouons, jouons... oh! nous jouerons, Monsieur... je vous le promets... nous jouerons.

LE CHEVALIER, *dans le plus grand embarras.*

Excusez-moi, Madame; un instant, de grace... C'est que les tables ne sont pas encore arrangées... (*à part*) Dérobons-nous... fuyons.

SCÈNE VII.

Les Acteurs précédens, VALENTIN.

VALENTIN, *entrant avec une paire de flambeaux.*

PARDONNEZ-MOI, Monsieur, elles le sont. Que ces Dames & ces Messieurs se donnent la peine de passer dans le sallon... tout droit, s'il vous plaît... tout droit.

LE CHEVALIER, *à part & surpris.*

Le sallon!.. il va les mener dans la rue... il en prend le chemin.

VALENTIN.

Tout droit, il n'y a point de marches. (*Le Chevalier donne la main à Célide, & les autres suivent.*) Les Sixains sont tout prêts : il y a quatre tables de jeux, & deux de Trictrac... s'il en faut davantage, on y pourvoira... (*bas à son maître*) Suivez-moi hardiment....

LE CHEVALIER, *à part.*

Je ne sais où je vais... suivons-le.

VALENTIN, *marchant à reculons.*

Par-ici, par-ici. (*Tout le monde défile, & la scène reste vuide.*) Tout droit en face, s'il vous plaît...

(*La scène reste vuide.*)

SCÈNE VIII.

VALENTIN, *rentrant seul, & riant très-fort.*

VIVAT, Valentin! parbleu, voilà un bon commencement: si cela continue, nous obtiendrons la victoire: les voilà toujours assis au jeu... Mais le bal: voilà le diable... Nous verrons.

SCÈNE IX.

LE CHEVALIER, VALENTIN.

LE CHEVALIER.

MAIS, dis-moi donc comment tu as pu faire pour m'installer chez mon voisin le Commandeur, dont je ne connoissois seulement pas l'appartement, n'y ayant jamais mis le pied de ma vie? S'il alloit rentrer... songes-tu?..

VALENTIN.

Il ne rentrera point, Monsieur; il est à la campagne, & jusqu'à Noël.

LE CHEVALIER.

Jusqu'à Noël!.. en es-tu bien sûr?

VALENTIN.

Il est parti ce matin... je n'ai fait que l'apprendre en vous quittant... Ah! si je l'avois su plutôt!..

LE CHEVALIER.

Et comment as-tu pu?....

VALENTIN.

Plein de cette nouvelle, je me suis emparé du valet du Commandeur, qui, gros & vieux comme lui, aime beaucoup, comme lui aussi... vous m'entendez... je le conduis droit au cabaret, où s'enfantent les idées joyeuses & rares: nous y avons bu du bon, de l'excellent.... Le projet fermentoit, venoit à bien; & tandis que le Concierge du cher Commandeur chanceloit de gaîté, il a laissé tomber de sa poche une clef, que j'ai prudemment ramassée, car quelqu'un auroit pu s'en emparer; je la saisis, l'applique à la serrure... plus de détresse... Quel coup-d'œil! Monsieur; tous les appartemens nous sont ouverts... Pour le coup, le très-absent Commandeur nous prêtera son logis, & pour toute la nuit... (*plus vite*) J'ai décroché son grand portrait en pastel, que j'ai caché, & j'y ai substitué le vôtre peint à l'huile; j'ai répandu avec profusion, sur la cheminée, vos lettres anciennes & nouvelles: on y lit distinctement & en gros caractere: *A Monsieur, Monsieur le Chevalier Fonrose, rue de Cléry....* avec le timbre de la grande poste: il y a beaucoup d'ordre chez lui: j'ai allumé les lustres, qui font vraiment un bel effet; les glaces, les buffets, tout cela est propre, luisant... Le Concierge sera bien douze ou quinze heures à cuver son vin ; il est en lieu de sûreté ; demain matin je remettrai tout doucement la clef dans sa poche, & je vous jure qu'il n'y paroîtra point....

LE CHEVALIER.

Mais, est-il permis ?...

VALENTIN.

Mais, vous ne lui faites aucun tort... tout sera remis, vous dis-je, en lieu & place : pas le moindre désordre ; & s'il lui en coûte quelques bougies, c'est le pis aller ; encore, qui vous empêchera de lui en envoyer en présent le lendemain de vos noces ? mais le temps presse... adieu.

SCÈNE X.

LE CHEVALIER, *seul.*

En vérité, je n'en reviens pas ! quel coup du hasard !.. faut-il que la nécessité me force à favoriser cette supercherie !...

SCÈNE XI.

LE CHEVALIER, CÉLIDE.

CÉLIDE.

J'AI perdu tout exprès, afin de me débarrasser plutôt de l'ennui de tenir des cartes... Je suis bien satisfaite de votre ameublement, Chevalier; il est simple & noble... Je l'aurois deviné... de la propreté sans recherche, de l'élégance sans ostentation; on ne sauroit être mieux.

LE CHEVALIER.

Madame, ce n'est qu'un logement de garçon.

CÉLIDE.

Oui: car sans cela, je crois que j'aurois pu me résoudre... A propos, votre portrait n'est pas ressemblant; vous êtes mieux que lui, quoique le peintre ait prétendu vous flatter... Cet homme-là n'a point d'expression, il ne vous a point vu..... il n'a pas même su vous habiller... Personne n'a l'art de se mettre comme vous, Chevalier.

LE CHEVALIER.

Vous me flattez beaucoup, Madame.

CÉLIDE.

J'allai jeudi aux Bouffons; l'habit de fantaisie que vous aviez, étoit charmant.

LE CHEVALIER.

Je n'aime point ce qui ſent la recherche & l'affectation du luxe.

CÉLIDE.

On en voit qui ſont ſi mal mis, avec des habits ſomptueux... Pour vous, un rien vous pare... voilà le goût.

LE CHEVALIER.

C'eſt un compliment trop flatteur pour que j'y ſois inſenſible: mais mon cœur y prend plus de part que mon amour-propre ; j'aurai toujours le plus vif empreſſement à paroître aimable à vos yeux.

CÉLIDE.

Rien qu'à mes yeux, Chevalier ? c'eſt beaucoup promettre ; examinez-vous bien.

LE CHEVALIER.

De grace, Madame, ne me faites plus la guerre ſur cette intrigue prétendue. Je n'ai point à me féliciter d'un ſuccès que je n'ai jamais cherché, ni déſiré.

CÉLIDE.

Que je ſois bien ou mal inſtruite, je crois que votre franchiſe & votre honnêteté ne ſe démentiront point... mais c'eſt aſſez ſur cet article... A propos, comment trouvez-vous ce Monſieur Buridon que je vous ai amené, & ſa bruyante arrivée ?

LE CHEVALIER.

Son âge, & ſur-tout ſa probité, font ſupporter

en lui les manieres les plus brusques & les plus opposées à l'urbanité.

CÉLIDE.

Il n'est pas civil. *La vertu même a tort quand elle ne plaît pas*, a dit un de nos Poètes.

LE CHEVALIER.

Je ne suis pas tout-à-fait de cet avis, Madame; sous quelque forme qu'elle se présente, la vertu doit toujours plaire; cette probité exacte, ce fond de bonté, n'en sont pas moins respectables à mes yeux, pour être accompagnés de la rudesse qu'on leur reproche.

CÉLIDE.

J'aime à vous entendre... vous me charmez de plus en plus; oui, je chéris Monsieur Buridon tel qu'il est. Qu'il soit bourru, qu'il soit brusque; il est franc, honnête, obligeant, vertueux... il est, de plus, un peu mon parent.

LE CHEVALIER.

Eh! qu'importe des boutades passageres, quand la société recueille le fruit de ses excellentes qualités?

CÉLIDE.

Vous gagnez toujours, Chevalier, en m'exposant le fond de votre caractere. (*à part*) Eh! voilà l'homme que l'on calomnioit, que l'on représentoit comme un imposteur, uniquement avide de ma fortune!...

LE CHEVALIER, *à part.*

Comment ſe terminera tout ceci ? .... l'heure avance .... je ſuis ſur des charbons....

CÉLIDE.

Mais, qu'avez-vous ? vous me paroiſſez très-inquiet, vous n'êtes aujourd'hui à rien...

LE CHEVALIER.

Je l'avouerai... le déſir de vous bien recevoir... la crainte de n'y pas réuſſir... je tremble qu'il n'arrive quelque mal-entendu.... j'en ai comme un preſſentiment ſecret... mon valet eſt ſi étourdi... les ſottiſes ne lui coûtent rien.

CÉLIDE.

Cela me feroit bien rire, en vérité, & je trouve même votre embarras fort divertiſſant ; mais vos inquiétudes ſont fort déplacées.... (*On voit entrer dix à douze marmitons & garçons de cuiſine, portant des plats.*) Voyez, voyez, oh ! quelle profuſion ! quelle folie ! ... eſt-il poſſible ! non, vous n'êtes pas ſage, Chevalier .... je vous avois expreſſément recommandé le contraire, par la bouche de Valentin....

LE CHEVALIER, *à part.*

O fortune ! enfin, tu m'exauces !...

SCÈNE XII.

Les Acteurs précédens, VALENTIN.

VALENTIN, *aux marmitons*.

CAMARADES, tout doucement, posez ici vos plats: des réchauds, & allez dresser la table lestement. Ces Messieurs & ces Dames doivent commencer à avoir de l'appétit. Ah!... vous apportez des nappes, des serviettes!... Les butors! cela n'étoit point nécessaire; nous en avons, Dieu merci, une bonne provision, & du linge le plus fin. (*à Célide & à son Maître*) Ah! çà, Monsieur, Madame, de grace, laissez le service libre... comment voulez-vous qu'on se retourne?

CÉLIDE.

Cela est trop juste: son air affairé me réjouit infiniment.... Venez, Chevalier.... (*elle lui donne la main*) Mais, vous n'êtes pas sage, en vérité; vous méritez d'être grondé, fort grondé, beaucoup grondé....

SCÈNE

SCÈNE XIII.

VALENTIN, LE TRAITEUR.

LE TRAITEUR.

AH! ce n'eſt vraiment pas la premiere fois que nous avons l'honneur de ſervir Monſieur le Commandeur.

VALENTIN.

Je le ſais bien.... Combien avez-vous mis de plats d'entremets?

LE TRAITEUR.

Douze, & des plats délicats.

VALENTIN.

Bon! ſongez au deſſert....

LE TRAITEUR.

Vous aurez un joli ſouper, je m'en vnte.

VALENTIN.

Et notre table, à nous?

LE TRAITEUR.

C'eſt ce que j'oublierai le moins.

VALENTIN.

Et le vin? que je le goûte. (*On lui verſe un verre de vin*) Il n'eſt pas mauvais... (*Il fait ſigne à un Marmiton de lui apporter un plat : il mange rapidement* *une cuisse de poulet : on lui verse à boire un second coup*) Il est bon ma foi.... (*)

LE TRAITEUR.

Oh ! votre Maître le trouve excellent. C'est un brave Maître.

VALENTIN.

Oui, je vous jure.

LE TRAITEUR.

Il n'y a pas long-temps que vous êtes à lui ?

VALENTIN.

Bon ! je suis déja tout accoutumé à son service...

LE TRAITEUR.

Voici le temps où il part ordinairement pour la campagne.

VALENTIN.

Oui, bientôt ; il partira, & moi aussi... nous irons même assez loin faire une tournée, & nous pousserons peut-être jusqu'à Malte....

LE TRAITEUR.

Saison morte pour nous... je ne suis pas encore entré ici.

VALENTIN.

C'est qu'il a loué, à moitié terme, cet appartement, pour être un peu plus à son aise ; ceci n'est pas encore arrangé, on en a fait une décharge.

(*) Ceci doit s'exécuter très-vîte.

LE TRAITEUR.

Ah! bon... il logeoit ici un homme qui, je crois, ne payoit perſonne.

VALENTIN.

On l'a mis à la porte.

LE TRAITEUR.

On a bien fait... un mauvais payeur n'eſt jamais bon à rien.

VALENTIN.

Vous donnerez votre mémoire aujourd'hui en apportant les liqueurs; mon Maître l'ordonne expreſſément...

LE TRAITEUR, *avec un gros rire.*

Oh! je le reconnois bien à ce trait .... c'eſt un homme d'ordre.

VALENTIN.

Je vous en réponds.

LE TRAITEUR.

Il ne veux jamais me rien devoir.

VALENTIN.

Je le ſais bien.

LE TRAITEUR.

Tout ce que j'ai eſt cependant à ſon ſervice.

VALENTIN.

Vous ne riſquez rien : après-demain matin on vous portera l'argent, comme de coutume....

LE TRAITEUR.

C'eſt une ſinguliere habitude qu'il a là, de vouloir toujours payer comptant ; auſſi, marchande-t-il un peu, rogne-t-il.... par-ci, par-là.... tandis que tout augmente de jour en jour.

VALENTIN.

Bagatelle... il faut paſſer là-deſſus... (*aux Marmitons*) Allons, mes amis, faites votre devoir, vous connoiſſez bien la ſalle à manger.

TOUS LES MARMITONS.

Oui, oui, oui... nous la connoiſſons.

VALENTIN.

Prenez la table ronde.

LES MARMITONS.

Oh ! nous ſavons où on la met.

VALENTIN.

Dépêchez-vous, mes enfans... (*tirant la montre du Traiteur*) Dix heures & demie !.. voyez comme le temps paſſe !...

LES MARMITONS.

Laiſſez, laiſſez-nous faire, en un clin-d'œil tout ſera prêt... (*On voit lès Marmitons porter les plats dans l'appartement voiſin.*)

SCÈNE XIV.

VALENTIN, *seul.*

VOILA le souper servi... il n'y a plus que le bal... Le plus difficile à écorcher, c'est la queue de l'anguille, dit-on... Allons, ma faculté imaginative, ne restez pas, je vous prie, en si beau chemin, évertuez-vous.... Nous avons fait venir une armée de Marmitons, & nous n'aurions pas des Musiciens?... Ce diable de Commandeur n'aimoit pas la musique; jamais on n'a entendu un violon chez lui... Faudra-t-il échouer si près du port? non, parbleu.....

SCÈNE XV.

LE CHEVALIER, *avec sa serviette*, VALENTIN.

LE CHEVALIER.

EN vérité, tu es un homme étonnant! je me dérobe pour savoir... & dis-moi donc comment?...

VALENTIN.

Et toujours *dis-moi comment*.... Que vous importe?... buvez, mangez; faites l'agréable, laissez-moi la peine, la fatigue, les détails, ayez le plaisir.... n'est-ce pas-là la regle?

LE CHEVALIER.

Que je ſache du moins. ....

VALENTIN.

Que vous ſachiez.... Le voiſin a, par ma foi, bon crédit... tout en converſant avec ſon factoton, j'ai appris la demeure de ſon Traiteur, qui, heureuſement, habite un autre quartier aſſez éloigné... Je m'y ſuis tranſporté, & me ſuis dit ſon domeſtique... Au nom du Commandeur, vous auriez vu ſoudain le Traiteur ôtant ſon bonnet blanc de deſſus ſa tête chauve, le tenir immobile ſur ſon ventre énorme, tandis que tous les Marmitons, dans un reſpectueux ſilence, écoutant mes ordres, ont ſuſpendu leurs fonctions : mais bientôt le Maître, animant d'un coup-d'œil ſes garçons en tablier, les broches ont tourné, les lardoires ont fait leur office, le couperet a taillé, applati, façonné les viandes... Merveilleux ſpectacle! que je contemplois d'un œil accoutumé à de pareils tableaux! Cependant, l'homme rond, un large coutelas à la main, éventrant, coupant, faiſant tomber ſous le fer, des aîles, des cous, des pattes de poulets, de pigeons, me répétoit avec un gros rire ſur ſa face rayonnante.... *Tout, tout au ſervice de Monſieur le Commandeur.*

LE CHEVALIER.

On ne ſauroit être ſervi plus délicatement : c'eſt à qui fera l'éloge des plats.

VALENTIN.

S'il a le ventre gros, il a le goût fin... La boutique en un moment est devenue une fournaise, un véritable enfer ; & le cuisinier, au milieu de la torréfaction, en a dû perdre, pour cette fois, un pouce de rotondité.

LE CHEVALIER.

C'est avec un regret bien sincere que je donne à souper aux dépens de mon voisin.

VALENTIN.

A ses dépens ? non, certes... toujours des scrupules ! ils viennent à temps, par ma foi... & quel tort lui faites-vous ? Après-demain vous serez trois fois plus riche que lui ; après-demain, la bourse à la main, vous paierez le Traiteur ; & sans marchander, vous lui direz : *mon ami, c'est une méprise ; mais je suis content de votre savoir faire, soyez discret, & désormais je me servirai de vous*.... Le gros Traiteur vous saluera jusqu'à terre ; votre voisin ignorera même que son appartement aura servi, dans son absence, à accélérer votre bonheur ; & quand il l'apprendroit, il sera le premier à en rire, pour peu qu'il soit homme du monde.

LE CHEVALIER.

Tu as l'art de me faire croire tout ce que tu veux... Et les violons ?

VALENTIN.

Les violons !... j'admire votre présence d'esprit ; allez vous remettre à table, & dites tout bas à l'oreille de Célide, qu'elle daigne se rendre un moment ici... (*Le Chevalier balance*). Allez, allez, vous dis-je : faites le grand Seigneur ; ne vous mêlez de rien, de peur de gâter tout....

LE CHEVALIER.

Mais....

VALENTIN.

Mais.... partez, obéissez, je le veux.

(*Il le chasse*)

SCÈNE XVI.

VALENTIN, *seul*.

O fortune ! acheve de me seconder ; & dans ce moment décisif, prête-moi ce ton touchant, ces gémissemens de l'ame, ces accens qui attendrissent les cœurs.... Préludons.... (*Il se lamente*) Ah ! ah ! ah ! malheureux ! pauvre Valentin ! ah ! ah ! ah ! (*à part*) la voilà.... bon.

SCÈNE XVII.

CÉLIDE, VALENTIN.

CÉLIDE.

QUE me voulez-vous, Valentin?

VALENTIN.

Excuſez, Madame; pardonnez-moi, ſi je vous interromps ; mais ſi vous n'avez pitié de moi, je ſuis perdu, vous me voyez au déſeſpoir.

CÉLIDE.

Qu'as-tu donc, mon enfant?

VALENTIN.

Ah! Madame, mon Maître! perſonne ne chérit l'ordre autant que lui, & me voilà en butte à toute ſa colere....

CÉLIDE.

Comment cela?

VALENTIN.

Non : il ne me le pardonnera jamais, & je prends le Ciel à témoin, ſi c'eſt ma faute!

CÉLIDE.

Tu m'effrayes... qu'eſt-il donc arrivé?

VALENTIN.

Dans tout cet embarras.... deux plats d'argent du Rôtiſſeur qui ſe trouvent égarés... il veut ſur le champ en avertir mon Maître, qui, furieux, ne manquera point.... Vous avez vu mon empreſſement à vous ſervir, à vous ſatisfaire... Ah! faut-il que ce malheur me ſoit réſervé un jour comme celui-ci?...

CÉLIDE.

Mais, ne crie donc pas ſi haut, tu troubleras toute la fête.

VALENTIN, *criant plus fort.*

Hélas! ce n'en eſt pas une pour moi; oh! aſſurément, ce n'en eſt pas une pour moi... malgré tous mes ſoins, ma vigilance, mes peines, voir deux plats qui peſoient ſept marcs & demi.... Et ce maudit Rôtiſſeur qui veut entrer, qui va me taxer publiquement de la négligence la plus impardonnable!... C'eſt pour moi, ſerviteur auſſi zélé que fidele, un chagrin, un ſcandale... Oui, dans mon déſeſpoir, je ne vois plus qu'une reſſource, c'eſt d'aller me jetter à la riviere.

CÉLIDE.

Sept marcs & demi, dis-tu?

VALENTIN.

Oui, Madame, ſans le contrôle....

CÉLIDE.

Tiens, voilà ma bourſe, porte-là au Traiteur, ferme-lui la bouche, & que rien n'altere ici la joie....

VALENTIN.

Ah! Madame, vous êtes bien bonne, bien généreuſe! vous me ſauvez la vie.... je cours ſatisfaire... (*à part ſur le bord du Théâtre*) Voilà pour les violons....

SCENE XVIII.

CÉLIDE, *seule.*

CE pauvre garçon ! ... Il étoit dans une affliction si sincère... Il a eu confiance en moi, cela m'a flatté. J'ai dû venir à son secours.

SCÈNE XIX.

CÉLIDE, PAULINE.

CÉLIDE, *avec le ton du reproche.*

EH bien, Pauline, votre table est-elle bien servie ?

PAULINE.

Très-bien, Madame, je ne saurois mentir.

CÉLIDE.

Rien n'y manque ... j'en suis sûre....

PAULINE.

Rien, je l'avoue....

CÉLIDE.

Vous avez de fort jolis pressentimens, Mademoiselle ; & si on les écoutoit, on s'amuseroit merveilleusement ... il est heureux que l'on suive les siens... Divertissiez-vous, croyez-moi, sans donner carriere à vos idées, & ne vous mêlez plus, une autre fois, de vouloir juger les caractères ; cela ne vous va point ; je prends ici la liberté de vous en avertir.

SCÈNE XX.

PAULINE, *seule.*

TOUTES mes idées sont conondues... Le diable a mis du sien dans cette affaire... je m'y perds. Oh! je pénétrerai ce mystere, ou je ne pourrai; mais demain, il ne sera plus temps... Ma Maitresse, plus éprise que jamais, ne se lasse point d'admirer, de contempler l'auteur de la fête... Oh! si je pouvois la tenir chez elle tête à tête ... je lui ferois peut-être comprendre ... quoi? comprendre? ... c'est ce que je ne puis deviner moi-même... & puis, quand je la convaincrois, il me paroît qu'elle veut être trompée ... la raison est bien faite pour ceux qui aiment...

(*On voit entrer des Musiciens avec leurs instrumens.*)

SCÈNE XXI.

VALENTIN, PAULINE.

VALENTIN, *amenant des Symphonistes.*

ALLONS! placez-vous-là, Messieurs de la symphonie; accordez vos instrumens ... que le tambourin se mette ici... les clarinettes là... & vous, Messieurs les violons, vous aurez largement à boire; mais, parbleu, donnez-nous du gracieux. (*Ils accordent leurs instrumens.*) *Regardant Pauline.*) Eh bien?...

PAULINE.

Es-tu homme, ange, démon, ſorcier ? dis, qui es-tu ?

VALENTIN.

Tu danſeras, tu ſauteras, tu ſauteras, tu danſeras juſqu'au tendre crépuſcule du jour... *Malheur à l'ame inſenſible à l'aurore.*

PAULINE.

Que tu es un habile marouſle !

VALENTIN.

Ah !... après t'avoir ſi bien traitée ! quelle horrible ingratitude ! As-tu lieu d'être mécontente ? dis...

PAULINE.

Eh, non, bourreau ! c'eſt ce qui me déſeſpere ; mais tes deſtins l'emportent.

VALENTIN.

Nous avons eu en toi une ennemie bien acharnée à nous traverſer... Eh bien! ton inimitié eſt-elle vaincue?

PAULINE.

Puiſque la fortune eſt pour toi, & qu'elle couronne la ruſe... au fond, ton ſeul but étoit de ſervir ton Maître.

VALENTIN.

Eh bien, ma chere Pauline, pourquoi nous combattre ? Faiſons plutôt ligue enſemble. Laiſſe mon pauvre Maître devenir heureux ; ne faut-il pas par fois que l'amour corrige les rigueurs de la fortune ? & n'eſt-ce pas-là, au fond, ſon plus beau triomphe ?... Je ne te déguiſe rien... tu le vois... diable ! ce n'eſt pas toi que l'on séduit... tu es si fine, si pénétrante Allons, grace, grace, n'arme point ta malignité contre nous, nous qui ne te cachons rien.

PAULINE.

(*à part*) Feignons de savoir... (*haut*) Tu as bien raison, car j'ai tout vu...

VALENTIN, *à part*.

Je t'en défie; mais laissons-lui cette petite satisfaction. (*haut*) Vraiment! je le sais bien! aussi mon Maître doit-il, en conséquence, étendre ses attentions jusqu'à toi, & te faire un beau présent de noces qui répondra à ta discrétion....

PAULINE.

Tu es d'une éloquence... on n'y résiste pas.

VA ENTIN.

Allons, touche-là .... tu ne révéleras donc rien?....

PAULINE.

(*à part*) Cela me seroit difficile. (*haut*) Je me rends! je suis pour toi...

SCÈNE XXII.

CÉLIDE, Monſieur DE BLIVILLE, Madame DE BLIVILLE, Mlle DE BLIVILLE, Monſieur BURIDON, TOUTE L'ASSEMBLÉE.

(On entend le bruit des inſtrumens.)

Madame DE BLIVILLE.

EN vérité, c'eſt une fête charmante, tous les plats étoient délicieux ... & le deſſert d'un goût!...

M. DE BLIVILLE.

On ne ſauroit voir plus d'élégance.

LE CHEVALIER.

Pardonnez, Meſdames, ſi tout n'a pas répondu à mes déſirs ... le peu de temps ... c'eſt une vraie ſurpriſe....

M. DE BONNIERE.

Notre ſouper a été fort gai.

Madame DE BONNIERE.

Nous avons été très-aimables.

Madame DE BLIVILLE.

Je ſais un gré infini à Madame de m'avoir procuré le plaiſir de vous voir. Je me flatte que nous nous connoîtrons davantage par la ſuite.

LE CHEVALIER.

Je vous le demande en grace.

Madame DE BLIVILLE.

Ah ! qu'il eſt aimable ! (*à Célide*) Vous ſerez heureuſe avec lui ... très-heureuſe ... il a le ſourire ſi doux !

Madame DE BONNIERE.

Monſieur le Chevalier, n'allez pas nous oublier; vous nous l'avez promis.

LE CHEVALIER.

Je me punirois moi-même.

Madame DE BLIVILLE.

Les douceurs du mariage le rendront un peu négligent ... il faut s'y attendre....

VALENTIN, *paſſant auprès de ſon Maître.*

Allons, Monſieur, je vous ai préparé la victoire, c'eſt à vous maintenant à la remporter en plein ; ne laiſſez pas échapper le moment favorable.

LE CHEVALIER, *bas à Célide.*

Dérobons-nous un peu à la foule, adorable Célide ! (*il l'amene ſur le bord du Théâtre*). Puis-je eſpérer enfin ce dernier conſentement, que je ſollicite avec une impatience égale au reſpect que juſqu'ici a enchaîné ma langue ?... Oſez faire un heureux.

CÉLIDE.

Vous croyez pouvoir l'être dans un lien qui peſe tant à votre ſexe.

LE CHEVALIER.

Je n'aſpire qu'à changer ma liberté contre le bonheur....

CÉLIDE.

CÉLIDE.

Eh bien, vous recevrez le don de ma main avec celui de mon cœur... demain....

(*Le Chevalier lui baise la main.*)

VALENTIN, *qui est derriere eux, s'avance sur le bord du Théâtre.*

Vivat! allons tout remettre en place chez le Commandeur, réveiller le Concierge, lui glisser la clef dans sa poche, & compléter mon triomphe. (*Il sort.*)

LE CHEVALIER, *conduisant Célide d'un autre côté; l'Assemblée s'éloigne & se disperse.*

Je suis si transporté de toutes vos bontés, que la parole expire sur mes levres; mais plus vous me témoignez de tendresse, plus je sens que j'en suis indigne....

CÉLIDE.

Vous... Chevalier!

LE CHEVALIER.

C'est trop long-temps combattre mes remords....

CÉLIDE.

Vos remords....

LE CHEVALIER.

Je risque de vous perdre, de perdre à jamais le bonheur de ma vie; mais il est de mon devoir de vous révéler....

CÉLIDE.

Me révéler!... eh! quoi?...

LE CHEVALIER.

Je fais trop de cas de votre main pour l'acquérir par une dissimulation coupable... je ne veux pas devoir mon bonheur à une lâcheté...

CÉLIDE.

Je vous connois... vous en êtes incapable....

LE CHEVALIER.

Recevez l'aveu que je vais vous faire en rougiſſant... Vous avez vu tantôt mon embarras.

CÉLIDE.

Eh bien....

LE CHEVALIER.

Il n'étoit que trop fondé...... Apprenez mon malheur. Ma fortune ne répond point à ce que vous pourriez croire d'après les apparences.... Emporté par les circonſtances, j'ai cédé aux fourberies de mon valet, qui me tiroit d'affaire....

CÉLIDE.

Votre fortune, dites-vous?

LE CHEVALIER.

Eſt nulle, Madame.... Je vous ai reçu chez mon voiſin, & non chez moi. J'aime mieux vous expoſer ma honte & mon repentir, que de vous tromper, un moment de plus... Je vais, le cœur déchiré de regrets qui ſeront éternels, m'éloigner de vous... de vous, charmante Célide, dont je ne mérite plus la main....

CÉLIDE.

Arrêtez, Fonroſe...: L'excès de votre franchiſe, la nobleſſe de votre procédé, ce retour à la vérité, me font tout oublier.

LE CHEVALIER.

Seroit-il poſſible?

CÉLIDE.

Il n'eſt rien qu'un tel aveu ne répare.... Tout eſt pardonné....

LE CHEVALIER.

Ah ! toutes les vertus en vous feule réunies.....

CÉLIDE.

Que rien de ceci ne tranfpire ... je ne veux point que perfonne fache... remettez-vous... moi-même je fuis troublée....

SCÈNE XXIII *& derniere.*

Les Acteurs précédens, PAULINE.

PAULINE, *avec beaucoup de joie.*

AH ! Madame, nous nous fommes divertis..... tout étoit ordonné de notre côté comme pour des Maîtres.... Monfieur le Chevalier ne nous a pas oubliés ; & pour terminer la fête, nous avons auffi un bal... oh ! c'eft un bien aimable homme ! bien généreux... je danferai, Madame.

CÉLIDE.

J'y confens, Pauline ; j'aime à vous voir de ce caractere, confervez-le ; ayez toujours la même gaieté. Cela me plaira beaucoup.

(*Elle s'éloigne avec le Chevalier.*)

PAULINE.

Ce que j'ai dit-là déterminera fon bonheur ... il me le devra....

(*L'Affemblée revient fur la fcène.*)

PLUSIEURS PERSONNAGES.

Mais il faut ouvrir le bal. Les violons font prêts.

(*courant après M. Buridon*) Monsieur Buridon, Monsieur Buridon, parbleu, vous danserez.

M. BURIDON.

Moi! Messieurs... y pensez-vous?

PLUSIEURS PERSONNAGES *l'amenant devant Célide.*

Oui, présentez la main à votre parente.

M. BURIDON.

Belle Dame, je n'ai point dansé depuis vingt-cinq ans... je n'aime point le bal, je déteste la danse; mais je suis si enchanté de Monsieur le Chevalier, de ses politesses, de son bon sens, si rare de nos jours; enfin, je suis si charmé de votre prochaine alliance, que je veux témoigner la joie que j'en ressens, par quelque chose de vraiment extraordinaire à mon âge.

(*Il présente la main à Célide.*)

(*L'on entend le bruit des instrumens.*)

FIN.

APPROBATION.

J'AI lu par ordre de Monsieur le Lieutenant Général de Police, *la Demande imprévue*, Comédie en trois Actes; & je n'y ai rien trouvé qui m'ait paru devoir en empêcher la représentation, ni l'impression. A Paris, le 22 Juillet 1780.

Signé, SUARD.

Vu l'Approbation, permis de représenter & imprimer. A Paris, ce 23 Mars 1780.

Signé, LENOIR.

www.ingramcontent.com/pod-product-compliance
Ingram Content Group UK Ltd.
Pitfield, Milton Keynes, MK11 3LW, UK
UKHW020356230726
13925UKWH00003B/1152